徳 間 文 庫

十津川警部 哀悼の列車が走る

西 村 京 太 郎

徳 間 書 店

目次

殺しの風が南へ向かう

1

十月二十八日、早朝。

男性が死体で発見された。

年齢は、三十五、六歳だろう。眉が太く、彫りの深い顔立ちである。

「同じ日本人の私としては、羨ましい顔をしていますよ」

と、亀井刑事が、十津川に、いった。

「カメさんだって、いい顔をしているよ」

「私の顔は、丸くて、ぺちゃんこで、どう見たって、ハンサムじゃありません」

「でも、味のある顔で、私は、大好きだよ」

と、十津川は、笑った。

死体を調べていた検視官が、

「死因は、多分、失血死だね。背中を、二カ所刺されている。血痕が、五メートルほど、続いているから、刺されたあと、助けを求めて歩いて来て、ここで、絶命したんだな」

と、十津川に、いった。

場所は、井の頭公園だった。晩秋の柔らかい、というより、頼りなげな陽の光が、仰向けに倒れている死体を、照らしている。

現在の時刻は午前七時三十分。毎朝、犬を散歩に連れて、井の頭公園にやってくる、近所のトンカツ屋の主人が、発見者だった。

血の痕は、池の傍から、続いている。そこで、刺され、ここまで歩いて来たのだろう。

「死亡時刻は？」

と、十津川は、検視官にきいた。

「昨日の午後十時から十一時の間と、いったところかな」

「そんな時間に、この仏さんは、公園に何しに来てたのかな」

と、十津川は、呟いた。

昨夜は、この秋一番の冷え込みと伝えられていた。そんな時間に、何の用があったのか。

犯人に会いに来たのだろうか？　それとも、別の用で来て、行きずりに、殺されたのか。

被害者は、黒のハーフコートを着ている。そのポケットや、ズボンのポケットを、丹念に探したが、身元を証明するものは、見つからなかった。

運転免許証、財布、キーホルダー、名刺、ＣＤカードといったものが、全く、見つからない。

「財布や、ＣＤカードは、犯人が、盗っていったとしても、キーホルダーがないのは、おかしいね」

と、十津川は、いった。

「そうですね。今は、外出するとき、たいてい、キーの一つや二つは、持ちますからね。家のキー、車のキー」

「それがないのは、犯人が、盗っていったとしか思えないが、何のために、キーまで、持ち去ったんだろう？」

「そこまでは、わかりませんが、これでは、仏さんの身元が、わかりませんね」

と、亀井が、舌打ちした。

着ているハーフコートにも、ネームは、入っていない。

屈み込んで調べていた十津川が、急に、

「カメさん。これを見てくれ」

と、コートの襟についているバッジを、指さした。

「三味線のデザインみたいですね」

と、亀井が、いう。

「いや、これは、三味線じゃなくて、蛇の皮で作ったやつだよ。だから、蛇皮線というんじゃなかったかな。そんなことを、聞いたことがある」

十津川が、いった。

「それは、違います」

と、いったのは、最近、捜査一課の十津川班に配属されてきた伊地知という若い刑事だった。

十津川は、色の浅黒い伊地知に眼を向けて、

「違うかね？」

「ええ、時々、本土の人が、蛇皮線とか、蛇味線と呼びますが、沖縄の人は、サンシンといいます。三つの線でサンシンです」

と、伊地知は、いう。

亀井が、笑って、

「本土の人って、君だって、本土の人間なんだろう？」

「私は、九州の人間です。ただ、沖縄の友人がいて、そいつが、三線(さんしん)を弾いていたものですから」

と、伊地知は、いった。

「それなら、今度の事件では、君に、頑張ってもらうよ。どうやら、この仏さんは、沖縄に関係のある人らしいからね」

と、十津川は、いった。

2

被害者の身元を証明するものは、三線のバッジだけである。

恐らく、犯人が、その他のものは、全て、持ち去ってしまったのだろう。バッジは、犯人が気がつかなかったのか、被害者が、刺されて倒れたとき、バッジが、かくれてしまったのかも知れない。

犯人は、被害者の身元を隠そうとしたとしか思えない。

「だが、肝心の顔は、残ってしまった」

と、十津川は、いった。

「犯人は、被害者を殺す勇気はあったが、顔を潰すだけの勇気はなかったということですかね」

と、亀井が、いった。

似顔絵と、三線のバッジが公表され、一週間もすると、あっけなく、身元が割れた。

それだけ、特徴のある顔であり、バッジだったということである。

墨田区錦糸町で、寿司店をやっているという若林という男が、警察に、連絡して来て、新聞に出ていた被害者は、知り合いの玉城勝男という人ではないかという。

十津川は、すぐ、伊地知を、北条早苗と一緒に、会いに行かせた。

十津川が、この情報を信用したのは、電話して来た若林が、「玉城と書いて、玉城と呼ぶんです」と、いったからだった。

伊地知にとっては、捜査一課に配属されて、初めての事件である。

錦糸町へ急ぐパトカーの中で、伊地知はコンビを組んだ先輩の北条早苗に、

「よろしくお願いします」

と、しおらしく、頭を下げた。

早苗は、車を運転しながら、

「顔に似合わないことをいうのね」

「似合いませんか？」

「あんたは、完全に、体育会系の顔だもの」

「わかりますか。そうでしょうね。高校、大学と、ずっと、柔道をやって来ました」

「迫力があっていいわよ。顔も、身体つきも」

と、早苗は、微笑した。

電話をくれた若林は、自分の店の前で、待っていてくれた。

そのジャンパーの襟にも、被害者がつけていたものと同じバッジが、ついていた。

「玉城さんの写真をお持ちですか？」

と、早苗が、きいた。

「ええ。持っていますよ」

と、若林は、ジャンパーのポケットから、二枚の写真を取り出した。

一枚は、三線を弾いている男の写真であり、もう一枚は、五、六人で、一緒に、飲んでいる写真だった。その中に、玉城も、入っている。

写真は、被害者に、よく似ていた。

「写真で、確認するよりも、奥さんに、遺体を見て貰ったら、どうなんですか？」

と、若林は、二人の刑事に、いった。

伊地知が、写真から眼をあげて、

「奥さんのいる人なんですか？」

「ええ。いますよ。私は、てっきり、奥さんが、警察へ行って、確認しているんだと、思っていたんだが、行ってないんですか」

「あなたの情報が、初めてなんで、こうして、伺ったんですよ」

「奥さんは、何をしてるんだろう？」

と、若林は、首をかしげている。

「玉城さんは、この近くに、住んでいらっしゃったんですか？」

と、早苗が、きいた。

「ええ。ご案内しましょう」

若林は、そういって、先に立って、歩き出した。

丁度、夕食前で、商店街は、混雑している。その一角に飲食店が並び、小さなバーや、スナックもある。

若林が案内してくれたのは、「沖縄料理の店」という看板の出ている店だった。

小さな店だった。

店は、閉まっている。

若林は、カーテンの隙間（すきま）から、中をのぞき込んでいたが、

「やっぱり、留守ですよねえ。てっきり、警察へ行ってると、思ったんですがねえ」

「玉城さんは、子供は、いなかったんですか？」

と、早苗が、きいた。

「ええ。奥さんと二人だけで、この店をやってましたよ」

「奥さんも、沖縄の人ですか？」

と、伊地知が、きいた。

「ええ。なんでも、二人とも、東京に働きに来ていて、偶然、知り合って、結婚したと、いっていましたね。ご主人の玉城さんが、前から、沖縄料理の店を出したいと思っていて、二人で貯金を出し合って、この店を始めたそうですよ」

と、若林は、説明した。

「三線のバッジは、どういう意味があるんですか?」

と、伊地知がきいた。

「玉城さんは、沖縄にいる頃、島唄を教えていたんです。三線を弾いてね」

「島唄?」

と、早苗が、きく。伊地知が、

「沖縄の民謡です」

「ありがとう。それで、玉城さんは?」

と、早苗は、若林に、眼をやった。

「この店を持ってから、沖縄がなつかしいんで、時々、ひとりで、三線を弾いていたんです。奥さんが、唄ってね。それを聞いた人が、うまいし、いい音だし、島唄も素敵だということになりましてね。店が終わってからとか、休みの時に、玉城さん夫婦を囲んで、聞く会が出来たんです。その中に、聞いているだけでは、物足りなくなって、三線を習いたいということになって、わざわざ、沖縄から、三線を取り寄せましてね。習ってる人の中に、器用な人がいて、このバッジを作って、みんなが、付けるようになったというわけです」

「今、会員は、何人いるんですか?」

と、伊地知が、きいた。

「全部で、十五人です。玉城さん夫婦も入れてね」

「玉城さんが、殺されたことで、何か心当たりはありませんか？」

と、伊地知は、きいた。

「ぜんぜん、ありませんよ。明るくて、いい人ですからねえ。三線を習うのだって、生徒の私たちが、月謝を払いたいといっても、自分も楽しみでやっているんだからといって、受け取らない人なんですよ。まあ、ちょっと、怒りっぽいところはありましたが、それだって、正義感のせいだから」

と、若林は、いう。

「会員の人たちに話を聞きたいんですけど、呼んで頂けません？」

と、早苗は、いった。

「いいですよ。全員が集まるかどうか、わかりませんが、うちの店に、呼びましょう」

と、若林は、いってくれた。

若林は、自分の店を、臨時休業にして、二階に、会員を集めてくれた。集まったのは、四人で、それぞれ、そば屋の主人とか、喫茶店のマスターである。

どの顔も、心配そうだった。

「本当に、玉城さんは、殺されたんですか？」

と、その中の一人が、伊地知と、早苗に、きいた。

「残念ながら、井の頭公園で、殺されていた人は、玉城さんと、考えざるを得ません」

と、伊地知が、答える。

「でも、なんで、井の頭公園なんかに、行ったのかなあ。遠すぎるよ」

と、喫茶店のマスターが、首をひねる。

「玉城さんは、車を持っていました？」

早苗が、きいた。

「持ってましたよ。材料の仕入れに使うライトバンをね」

「君、その車を確かめて来て」

と早苗が、伊地知に命じた。

「わたしが、駐車場にご案内しますよ」

と、いうスナックの主人と、伊地知は、部屋を飛び出して行った。

早苗は、残った人たちに向かって、

「皆さんにお聞きしたいんですけど、玉城さんが殺されたことで、何か、心当たりはありませんか？」

と、いった。

みんな、思い当たることはないという。あんないい人が、殺される筈はないというのだ。

だが、いい人だから、殺される場合だって、あり得るのだと、刑事の早苗は、思う。善人の方が、無防備だから、不幸になりやすいのと、同じだ。

「それでは、最近、玉城さんに、何か変わったことは、ありませんでしたか？」

と、早苗は、きいた。

「あの夫婦、十年ぶりかで、沖縄へ帰ったんですよ」

と、そば屋の主人が、いった。

「それは、いつですか？」

「半月ほど前でしたね」

「私は、お土産物を貰った」

と、若林が、いった。

「帰ってから、玉城さん夫婦は、どうでした？　何か困ったようなことを、いっていませんでした?」

「いや、とても、楽しそうでしたよ。だから、向こうで、何か、いいことがあったんじゃないかと、聞いたくらいだから」

と、喫茶店のマスターが、いう。

「その時、玉城さんは、何と、答えました?」

と、早苗は、きいた。

「ニッコリして、あったといってましたね。どんなことだって聞いたら、その中に、皆さんに、発表するつもりだって」

「皆さんに、発表する——ですか?」

「ええ。そういってましたねえ。それなのに、殺されるなんてねえ」

と、喫茶店の主人が、溜息をついた時、伊地知が、スナックの主人と、戻って来た。

「車は、ありませんでしたよ」

と、伊地知が、早苗に、いった。

「じゃあ、井の頭公園に、その車で行ったのかも知れないわね」

「しかし、現場周辺に、それらしい車はありませんでしたよ」

「犯人が、乗って行ったのかも知れないわ」

と、早苗は、いった。

彼女は、そのあと、集まっている人たちを、見廻して、

「玉城さん夫婦は、どんな夢を持っていたんでしょうか?」

「ちょっと、これを見て下さい」

と、若林は、丸めたポスターを持って来て、それを、二人の刑事の前に、広げた。

ステージで、四人の若い男が、三線を持って、唄っているポスターだった。その中の一人が、玉城だった。玉城は、まだ、二十代に見える。

「玉城さんは、沖縄で、ライヴもやっていたんです。それでは食べていけないというので、東京に出て来て、働いていたらしいんですが、いつか、金が出来たら、自分で、大きな沖縄芸能の館みたいなものを作って、そこで、ライヴを、やりたいと、いっていましたよ。われわれが、それまでに、上手くなったら、一緒に出してくれるとも、いっていましたね」

と、若林は、いった。

3

玉城が乗っていた車は、白の中古のライトバンで、車体に、「沖縄料理・泡盛」と、書いてあるという。

十津川は、その車を、手配した。

もう一つ、十津川にとって、心配なのは、玉城勝男の妻、冴子の行方だった。

冴子も、夫の玉城と一緒に殺されてしまったのか、それとも、殺されそうになって、姿を消したのか。判断はつかない。

十津川は、冴子の写真を手に入れ、彼女の手配もした。

「玉城冴子が、夫の勝男を殺したということは、ありませんか？」

と、刑事の一人が、十津川に、きいた。

「まず、考えられないね。それなら、何も、井の頭公園まで行って、殺すことはないからね」

と、十津川は、いった。

「私は、どうしても、半月前に、玉城夫婦が、沖縄へ帰ったことに、引っかかるんです。そのことが、今回の事件の原因になっているような気がします」

と、伊地知は、いった。

「十年ぶりの帰郷だったんだね？」

「そうです。小さいながら、店も持って、少しは、余裕が出来たので、夫婦揃って、帰郷したんでしょう」

「行って来たまえ」

と、十津川は、いった。

「え？」

「沖縄だよ。君と、北条刑事で、行って来たまえ。すぐにね」

と、十津川は、いった。

翌日の午前八時五〇分のＪＡＬ９０１便で、伊地知と、早苗は、沖縄に向かった。

すでに、十一月九日。シーズンも終わって、機内には、空席が、目立っている。

早苗は、手帳を広げて、

「玉城勝男の家は、沖縄市内ね」

「両親が、そこにいるそうです。父親は、ずっと、米軍の基地で働いていたが、最近、人員整理で馘になったということでしたよ。そういう両親に会うのは、辛いですよ」

と、伊地知は、いった。

「妻の冴子の実家は、糸満市ね。漁師の家に生まれたといっていたわ」

「彼女が、実家に戻っていると、いいんですがね」

「そうね」

と、早苗も、肯いた。

「沖縄へ行くのは、八年ぶりかな。学生時代よ。大学二年の時に、友だちと、行ったの」

と、早苗が、いうと、伊地知は、「えっ？」という顔になって、

「先輩は、そんな年齢なんですか？」

と、いった。

定刻の一一時三五分に、七分おくれて、二人の乗った飛行機は、那覇空港に着陸した。

空港には、沖縄県警の若い、知念という刑事が、車で、迎えに来てくれていた。

「玉城夫婦の、帰郷した時の行動は、わかりましたか？」

と、伊地知は、知念に、きいてみた。

「沖縄市の両親に会って、聞いて来ました。帰った日は、夫婦で、玉城の両親の家に

泊まり、翌十月二十四日には、那覇のSホテルに行っています」

「そのSホテルに、何か、用があったのかしら？」

と、早苗が、きいた。

「両親の話では、なんでも、東京から沖縄へ来る飛行機の中で、本土の偉い人と知り合いになった。その人が、Sホテルに泊まっているので、会いに行くんだと、いったそうです」

と、知念は、いう。

「本土の人？　その人の名前は、わかりますか？」

と、伊地知が、きいた。

「そこまでは、わかりません。それで、まず、何処へ、ご案内しましょうか？　玉城の両親に会われますか？　それとも、奥さんの郷里の糸満にしますか？」

「那覇のSホテルに、まず、行きたいですね」

と、伊地知は、いった。

「私は、沖縄市の両親に会いたいと思いますわ」

と、早苗が、いった。

そこで、知念刑事に、まず、那覇市内のSホテルに送って貰い、伊地知ひとりが、降り、そのまま、早苗は、沖縄市へ送って貰うことになった。

Sホテルは、市内の高台にあった。大きなホテルが並ぶ、その一角である。

大型のリゾートホテルという感じで、中庭には、大きなプールが、設けられていた。

伊地知は、フロントで、警察手帳を見せ、十月二十三日に、チェック・インした客の名簿を見せて欲しいと、頼んだ。

二十三日が、ウィークデイということもあってか、この日、チェック・インした客は、八人である。

その中（うち）、住所が、東京の者が五人、大阪三人である。

玉城が、「機内で知り合った」と、いっているのだから、その人も、東京の人間だろうと、伊地知は、思った。

五人の住所と、名前を、手帳に書き写してから、伊地知は、玉城夫婦の写真を、フロント係に見せた。

「この夫婦が、翌日の二十四日に、この中の誰かに、会いに来た筈なんだが、覚えていませんか？」

と、伊地知は、きいた。

フロント係は、同僚にも、写真を見せていたが、

「このご夫婦は、玉城といいませんか？」

と、伊地知に、きく。

「そうですが――」

「それなら、浜野さまに、会いに来られたんです。玉城が来たと伝えて下さいといわれたのを覚えています」

「浜野というと、この、東京都世田谷区松原の浜野譲ですか？」

「そうです。その浜野さまです」

「玉城夫婦は、浜野に会いに来て、どうしたんですかねえ？」

と、伊地知は、きいた。

フロント係は、困惑した表情になって、

「どうしたといわれましても――」

「ああ、十階の『めんそーれ』へ行かれたと、思いますよ」

と、もう一人のフロント係が、横から、いった。

「それ、間違いありませんか？」

「玉城さんが、このホテルで、おいしい沖縄料理の店はないかと聞かれたので、十階の『めんそーれ』を、紹介しました。丁度、夕食の時間でしたから、そこへ行かれたんじゃありませんか」

と、フロント係は、いった。

伊地知は、礼をいい、エレベーターで、十階に、あがって行った。

沖縄料理店『めんそーれ』は、洒落た、小さな店で、カウンターと、テーブルに分かれている。

伊地知は、カウンターに腰を下ろし、安そうなものと思って、「ソーメンチャンプルー」を、注文した。ゆでたソーメンを、ツナや豚肉と一緒に、炒めたものだった。

伊地知は、食べ終わってから、カウンターの向こうのマスターに、警察手帳を示し、次に、玉城夫婦の写真を見せて、

「十月二十四日の夕食のとき、この夫婦が、浜野という泊まり客と、ここに、食事に来たと思うんですが、覚えていませんかね？」

「覚えていますよ」

と、マスターは、あっさり肯いた。

伊地知が、拍子抜けした顔になって、

「覚えているんですか？」

「ええ。名刺を貰いましたからね」

　と、マスターは、いう。

「名刺を？　誰にですか？」

「その浜野という人にですよ」

　と、マスターは、いい、ポケットから、一枚の名刺を取り出して、伊地知に見せた。

〈C興産株式会社代表取締役社長　浜野譲〉

　と、名刺には、印刷されていた。会社の住所は、東京都中央区八重洲になっている。

「この名刺を、お借りしていいですか？」

「ええ。いいですよ」

「この浜野という人は、どんな男でした？」

　と、伊地知は、きいた。

「そうねえ。年齢は、五十歳くらいですかね。話好きの明るい人でしたよ。いかにも、社長さんという感じでしたね。お金も、持っていたしね」

「なぜ、お金を持っていると、わかったんですか？」

「ここの代金は、浜野社長が払ったんですが、財布が、ふくらんでいましたもの」

と、マスターは、いった。

4

伊地知は、Sホテルのロビーで、北条早苗を、待った。

午後四時過ぎに、早苗が、知念刑事に送られて、沖縄市から、戻って来た。

「今日は、このホテルに、泊まりませんか」

と、伊地知は、早苗に、いった。

「高そうよ。このホテル」

と、早苗がいうと、伊地知は、

「シーズン・オフなので、割引きするそうですよ」

「なかなか、しっかりしてるじゃないの」

「何しろ、体育会系ですから」

と、伊地知は、笑った。

知念刑事には、礼をいって、帰って貰い、二人は、ホテルに、チェック・インの手続きをしてから、ロビーのティールームで、コーヒーを、飲んだ。

「玉城の両親の様子は、どうでした？」

と、伊地知は、きいた。

「娘さんもいるんだけど、もう結婚していて、福岡に住んでいるんだと、いっていたわ。だから、今は、六十歳と、五十七歳の夫婦だけ」

「それじゃあ、玉城勝男さんの死亡は、応えたでしょうね」

「そうね。おだやかに、応対してくれたけど、本当は、参っていると、思うわ」

「ここで、玉城夫婦は、浜野という、泊まり客と、会っているんです」

と、伊地知は、いい、名刺を、早苗に、見せた。

「社長さんか」

「ええ」

「電話してみた？」

「何処へですか？」

「この名刺の会社に決まってるじゃないの。どうなの？」

「まだ、していませんが」

「まだ、この時間なら、会社は、やっている筈よ」

と、早苗はいい、さっさと、ティールームを出て、ロビーに置かれた公衆電話のところへ、歩いて行った。
五、六分して、戻って来ると、
「通じないわ」

と、いった。

「通じないというと、使われていないということですか？」

「そうね」

「しかし、半月前に貰った名刺ですよ」

「それなら、半月の間に、使われなくなったということじゃないの」

と、早苗は、あっさりいった。

「そんな会社って、ありますかね。半月の間に、倒産したんですか？」

「かも知れないわ。だから、十津川警部にも電話して、この会社を、調べて貰うことにしておいたわ」

「さすが、素早いですね」

と、伊地知は、いった。

「これは、常識なの」

「明日は、糸満に行きますか？」

「ええ。何とかして、玉城冴子さんを、見つけたいのよ」

と、早苗は、いった。

翌、十一月十日。

二人は、朝食を、ホテルですませてから、迎えに来てくれた知念に案内され、県警のパトカーで、糸満に向かった。

那覇市内を抜け、海岸沿いの国道331号線を、南下すると、沖縄本島南部の糸満市に着く。

更に南下すれば、有名なひめゆりの塔に到る。

糸満は、那覇とは、まるっきり、町の雰囲気が、違っていた。那覇は、近代的で、大都会の感じだが、糸満は、賑（にぎ）やかで、雑然としていて、日本というより、アジアという感じだった。古い漁師の町の匂いがする。

糸満漁港の一角に、玉城冴子の両親の家があった。

冴子の父親は、三日前、漁に出ていて、サメに襲われたといい、右足に包帯を巻いて、寝ていた。

母親の文子（ふみこ）が、応対してくれた。

「十月の二十五日に、ちょっと、寄りましたよ。泊まっていけといったんだけど、早く、東京に帰らないといけないと、いって、帰って行きました」

と、文子は、いった。

「その時、何か、いっていませんでした？　東京に帰ってから、何かしなければならないとかですけどね」

と、早苗は、きいてみた。

「いや。何もいってませんでしたよ」

「帰ってから、連絡は？」

「電話も、手紙もありません」

「あいつは、東京の人間になったんだ」

と、父親が、野太い声で、いった。

「ご主人の玉城さんも、一緒に来たんですか？　十月二十五日には」

と、伊地知が、きいた。

「いや、娘が、ひとりで、来たんです。だから、玉城さんはどうしたんだと聞いたら、急用があって、一足先に、東京へ帰ったって、いってましたよ」

「一足先に？　二十四日にですか？」

「いや、二十五日の早い飛行機でってことだったと、思いますがね」

と、文子は、いう。

「もし、娘さんから、連絡があったら、ここへ知らせて下さいね」

と、早苗は、警視庁捜査一課の電話番号の入った名刺を、文子に、渡した。

「冴子に、何かありましたんですか？」

と、文子は、心配そうに、きいた。

「実は、ご主人の玉城さんが、亡くなったんですよ。殺されました」

と、早苗は、いった。

一瞬、文子は、小さく口をあけて、宙を見ていたが、

「東京の刑事さんが来たんで、何かあったのかなとは、思っていましたがね。それで、娘は、無事なんですか？」

と、きいた。

「たぶん、娘さんは、無事ですわ。ただ、行方がわからないので、こうして、探しに来たんですわ」

「まさか、娘がってことは、ないんでしょうね。あの娘は、気が強いから、心配なんだけど」

と、文子が、不安気に、きく。

伊地知は、微笑して、

「冴子さんが、殺したということは、今のところ考えられませんから、その点は、安心して下さい」

と、いった。

5

伊地知と、早苗は、那覇に戻り、県警本部に寄って、協力の礼をいってから、空港に向かった。

今日も、十一月上旬とは思えない暖かさだった。

一四時三〇分の東京行の便に乗った。

「また、沖縄へ来るような気がしますよ」

と、飛行機の中で、伊地知が、いった。

「体育会系の人って、予言もするの?」

早苗が、からかうように、いった。

伊地知は、苦笑して、

「これは、私の勝手な予想ですよ」

「正直にいうとね、私も、何だか、ここに戻ってくるような気がしてるわ」

と、早苗は、いった。

羽田に着くと、二人は、捜査本部のある武蔵野署に、まっすぐ、戻った。

十津川は、「ご苦労さん」と、二人を迎えてから、

「浜野譲の自宅の方も、当たってみたがね、ホテルで書いた住所は、でたらめだったよ」

と、いった。

「会社の方はどうでした？　電話が、通じなかったんですけど」

と、早苗が、きいた。

「会社は、無かったよ」

と、十津川が、いう。

「全く、無かったんですか？」

「調べて来たのは、西本刑事だ。彼が、説明する」

と、十津川は、いい、西本が、早苗と、伊地知に向かって、

「十月十日から、三十日までは、存在したんだ。八重洲のNビルの三階にね。会社の名前は、C興産株式会社。社長は、浜野譲だった。社員は、二十名。ただし、全部アルバイトだ。会社が出来ると、大量に品物を注文し、支払いは、一カ月後として、手形を切る。そして、十月三十一日には、会社は、潰れていたというわけだよ」

「典型的な取り込み詐欺じゃありませんか」

と、伊地知は、いった。

「その通りだよ」

「よく、そんな古い詐欺に引っかかる人が、いるわね」

と、早苗が、いった。

「まだ、不景気で、在庫を抱えて、四苦八苦している中小企業が、多いんだ。何とかして、在庫を減らそうと思っているから、こんな詐欺に、引っかかるんだろうね。調べてみたが、浜野譲という男は、同じ取り込み詐欺の前科があった。懲りない男というわけだよ」

と、西本が、いった。

「この浜野と、玉城夫婦とは、どういう関係なんだろうか？」

と、伊地知が、自問するように、いった。

「彼の店は、沖縄料理の店だろう。取り込み詐欺の標的にされるとは思えないね。それに、浜野という男は、詐欺の前科はあるが、殺人は、やってない。殺人なんて、間尺に合わないと思っているんだろうね」

と、西本は、いった。

「でも、玉城勝男は、殺されてるわ」

と、早苗が、いった。

「浜野か、玉城の奥さんを見つけ出せば、全てわかると思うがね」

と、十津川が、いった。

亀井は、「そうですね」と、肯いてから、

「浜野は、大金をつかんで、姿を消したんでしょうが、玉城冴子の方は、なぜ、姿を消したのか、わかりませんね。夫が殺されたんだから、何よりも先に、警察に来て、事情を話すべきなのに」

と、いった。

「糸満の実家には、全く、連絡がないんだな？」

と、十津川が、念を押すように、伊地知と、早苗を見た。

「母親は、そういっていました。嘘はついていないと、思いました」

と、伊地知が、答える。

「他に、行くところがあるんだろうか？」

十津川が、呟く。

「私は、ないんじゃないかと思いますわ」

と、いったのは、早苗だった。

「しかし、実家には、帰っていないんだろう？　君は、両親が、嘘をいっていると、思うのかね？」

「そこが、何ともいえないんですけど」

「浜野の方は、どうだろう？　海外へ、逃亡してしまっているかな？」

と、十津川が、きいた。

「浜野譲は、パスポートは、持っているんですか？」

と、伊地知が、きいた。

「持っている筈だ」

「それなら、彼が、出国しているかどうか、調べてみましょう」

と、亀井が、いった。

全国の入国管理局に、協力して貰い、十月二十八日から、現在までに、浜野が、出国しているかどうかを、調べて貰うことにした。

丸一日かかって、結果が、報告されてきた。

意外にも、浜野譲の名前で、この期間に、出国した者は、いないというのである。

「そうすると、浜野は、まだ、日本国内にいるということか」

十津川は、半信半疑の面持ちだった。

浜野が、今回の取り込み詐欺で、手に入れたと思われる金は、五億円近いという。

普通なら、その金を持って、海外へ逃げる筈である。

それなのに、浜野は、海外へ逃げていない。なぜなのだろうか？

十津川は、その理由を、考えてみた。

第一に考えられるのは、海外逃亡を考えていたのだが、何か、突発的な事情があって、海外へ逃げたくても、逃げられなくなってしまったのではないかということである。

もし、これが、当たっていれば、井の頭公園で、玉城勝男が殺され、妻の冴子がいなくなったことと、関係があるだろう。

玉城勝男を、殺さなければならない事情が生じた。そのために、海外逃亡が、出来なくなったのではないだろうか？

もちろん、これは、全て、推測の域を出ない。

「国内としたら、浜野は、何処へ逃げていると思うね？」

と、十津川は、部下の刑事たちの顔を、見廻した。

「私は、沖縄だと思います」

と、伊地知が、まっ先に、いった。

「それは、十月二十三日から、沖縄に、行っていたからかね？」

「そうです。彼は、C興産という詐欺のための会社を設立していたわけです。十月二十三日から二十五日頃にかけては、一番忙しい時だと思うのです。それなのに、彼が、東京を離れて、沖縄に行ったのは、よほど、沖縄が、気に入っているのか、沖縄に、行かなければならない理由が、あったからだと思うのです。そのことは、今も、変わっていないのではないかと、考えますが」

と、伊地知は、いった。

「犯罪者が、逃げ込むには、いいところかね？」

と、亀井が、きいた。

伊地知は、笑って、

「その辺のところは、よくわかりませんが、実際に行ってみて、本土とは、別世界という感じがしました。それに、周辺には、いくつもの島がありますし、那覇からは、国際線の飛行機も出ています」

「君が、殺人を犯したら、沖縄へ逃げるかね？」

と、十津川が、きいた。

「そうですね。前は、北国がいいと思っていました。雪とか、夜とか、孤独とかが、いいと思ったんです。しかし、沖縄へ行って、考えが、変わりました」

と、伊地知は、いった。

「どんな風に、変わったんだ？」

「イメージと、実際が、違うと思ったんです。北海道にも行ったことがありますが、雪に閉じ込められてしまったら、ロマンチックではありますが、逃げられません。沖縄なら、雪に閉じ込められることもないし、船を手に入れれば、何処へでも、逃げられます。いつも、暖かいということは、ロマンチックではありませんが、開放感があって、殺人を犯して、逃げている人間は、ほっとするんじゃありませんか」

と、伊地知は、いった。

「それに、浜野は、何か、特別な思いが、沖縄にあるんじゃないかと思いますわ」

と、早苗が、付け加えるように、いった。

「浜野が、沖縄に、何か関係があるのか、それを、調べることにする」

と、十津川は、決めた。

翌日から、その聞き込みが始まったところへ、玉城のライトバンが、見つかったという知らせが、入った。

場所は五日市街道沿いの空地で、バッテリーが上がってしまっているのが、わかった。多分、そのために、乗り捨てたのだろうと、考えられた。

「井の頭公園から、錦糸町に行く途中だとも、いえますね」

と、亀井が、地図を見ながら、いった。

「誰かが、井の頭公園の現場から、ライトバンを運転して、錦糸町に向かったが、途中で、バッテリーが上がってしまったので、乗り捨てたということか」

「誰かがというより、多分、玉城冴子だと思いますよ」

と、亀井は、いった。

「つまり、井の頭公園には、玉城が、夫婦で行き、玉城が殺されたあと、妻の冴子が、車で、逃げたということか」

「そうです」

「それなら、冴子は、なぜ、警察に、知らせなかったのかね？　夫が、殺されたんだ、当然、一一〇番する筈だよ」

「その辺のところは、わかりませんが、ライトバンを、この地点まで運転して来たのは、妻の冴子だと、思いますね」

と、亀井は、きっぱりと、いった。

「井の頭公園の現場で、被害者の玉城は、刺された場所から、数メートル歩いて、死んでいた。あれで、おかしいと思ったのは、反対方向に、公衆電話があったことなんだ。そこへ行けば、一一〇番できたのに、被害者は、反対方向に、逃げている。それが、不思議だったんだが、その方向は、公園の出口で、道路に出られる。そこに、車をとめておいたのなら、車で逃げようとしたことになって、納得いくんだよ。その車に、妻の冴子が乗っていたとすれば、なおさらだよ」

と、十津川は、いった。

「そうだと、思いますよ。もう少し、想像を働かせれば、冴子は、車で待っていたが、夫が、なかなか戻って来ないので、心配になって、車を降りて、公園の中に入って行った。そこで、夫が、刺されて、倒れているのを発見したんじゃないですかね。しかも、犯人が、傍にいる。冴子は、恐怖にかられて、車に戻って、逃げ出したのではないか」

「なかなか、いいよ、カメさん。ただね、それでも、冴子が、なぜ、一一〇番しなかったのかという疑問は、残るね」

と、十津川は、いった。

「玉城夫婦にも、何か、後暗いところがあったんじゃありませんか」

と、亀井が、いう。

「だから、一一〇番できなかったか――」

「そうです。第一、午後十時から、十一時という遅い時間に、井の頭公園なんかで会うというのは、常識的に考えて、おかしいですよ。話があるなら、もっと、明るい場所で、会うんじゃありませんか」

と、亀井は、いった。

「後暗い――か」

十津川は、玉城夫妻が、他の三線の仲間と一緒に写っている写真を、思い出した。

二人は、沖縄から出て来て、東京で、出会い、同じ沖縄出身ということで親しくなって、結婚した。その後、金を貯め、錦糸町に、小さな沖縄料理の店を持ち、沖縄にいた頃に唄っていた島唄が、忘れられず、無料で、三線と、島唄を教えていた。

そんな夫婦が、何か、後暗いことに、手を染めるだろうか？

6

浜野の経歴が、少しずつ、わかってきた。

浜野は、秋田市に、生まれている。ホテル業を営む両親の下に、一人息子として生まれ、子供の頃は、甘やかされて、育てられた。

東京の大学を出たあと、Kホテルに就職した。将来、父親の後をつぐための勉強というつもりだったに違いない。

Kホテルは、大資本のホテルで、日本全国に、十二のホテルを持っている。

沖縄の本部半島にも、リゾートホテルがあり、浜野は、そのホテルに、二年間、研修のために、配属されている。

しかし、彼が、三十五歳の時に、父親がやっていた秋田のホテルが、火事で、全焼し、泊まり客五人が、焼死した。

その補償のために、借金が出来、両親は、心労からか、相ついで、亡くなった。

浜野は、その時、上司のすすめる女性と、結婚することになっていたが、それも、自然に、立ち消えになった。

両親の残した借金を、浜野が、返済する必要はないのだが、彼は、なぜか、突然、Kホテルを、退職してしまう。

そのあと、浜野は、一攫千金を求めて、危ない橋を渡る生活を、送り始めた。

マルチ商法で有名になったグループに、参加し、頭の良さと、口の上手さで、たちまち、幹部になった。

この時、浜野は、二億円余りの金を手に入れたのだが、彼は、その金で、沖縄の万座毛の近くに、庭つき、プールつきのリゾートマンションを、購入している。

しかし、このマルチ商法のグループは、検挙され、浜野が、手に入れたリゾートマンションも、接収されてしまった。

浜野は逮捕され、初犯ということで、懲役一年、執行猶予二年の判決を受けた。

その後の数年間、浜野が、何処で、何をしていたか、不明である。

しかし、四十歳の時、浜野は、突然、T交易という会社を設立し、自分が、社長になる。

例の豊田商事を真似たペーパー商法で、金を集めた。

この時、T交易は、七十億円の金を集めた、といわれた。

他の幹部たちが、それを、競馬や、株に注ぎ込んだのに対し、浜野は、またも、沖縄で、今度は、ホテルを買い取ったのである。彼が、二年間働いたKホテルに似たリゾートホテルだった。

しかし、この時も、ペーパー商法は、摘発され、浜野は、懲役三年の判決を受けて、刑務所に入った。もちろん、買い取ったリゾートホテルも、失った。

そして、今回である。

「見果てぬ夢という言葉を、思い出すね」

と、十津川は、亀井に、いった。

「沖縄に対するですか？」

「ああ、彼は、Kホテルで働いている時、二年間、沖縄のリゾートホテルで、研修を受け、働いた。多分、その時に見た、沖縄の海が、忘れられなくなったんだよ」

「しかし、彼は、秋田のホテルの一人息子として生まれているんです。私なら、やはり、東北のホテルを、手に入れたいと、思いますがねえ」

と、いったのは、日下（くさか）刑事だった。

「もちろん、そういう人もいると思うよ。だが、東北とは、全く反対の海に、憧れる人間もいる筈だ。特に、浜野は、秋田のホテルに、暗いイメージしか持っていないから、猶更（なおさら）じゃないかね」

と、十津川は、いった。

十津川は、浜野は、沖縄にいると、判断した。

「今回も、彼は、リゾートホテルを、手に入れているんでしょうか？」

と、亀井が、きく。

「見果てぬ夢だからね。ただ、浜野は、他人名義で、買収したと思うよ。恐らく、十月二十三日から、二十五日にかけて、沖縄に行った時に、手に入れていると、思う。だから、一番、忙しい時に、わざわざ、沖縄に出かけたんだ」

と、十津川は、いってから、伊地知と、早苗に、眼をやった。

「君たちに、もう一度、沖縄へ行って貰う。浜野が、手に入れたホテルを、見つけて貰いたいんだ。恐らく、浜野の名前では、買収していないだろう。他人の名義にしてあると思う」

「わかったら、どうしますか？」

と、伊地知が、きいた。

「私に、連絡してくれ。そうなったら、私も、沖縄に行く」

「その時点で、浜野を見つけても、接触してはいけませんか？」

と、早苗が、きく。

「行方不明の玉城冴子のことが、気になるんだよ。それに、浜野が、玉城勝男を殺したという証拠は、まだ、見つかっていない。だから、慎重にやりたいのだよ」

と、十津川は、いった。

伊地知と、早苗が、翌日、再び、沖縄へ向かった。

そんな時、錦糸町から、島唄のメンバーが、三人、捜査本部に、やってきた。

若林と、そば屋の主人、そして、喫茶店のマスターだった。三人とも、まだ、例の三線のバッジをつけていた。

三人は、十津川の顔を見るなり、

「玉城の奥さんを、助けてやって下さい」

と、声を揃えて、いった。

「助けてくれといわれても、何処にいるかわからないのでは、助けようが、ありませんが」

と、十津川は、いった。

若林が、手につかんでいた封書を、十津川の前に置いた。

宛名は、若林秀男様となっている。差出人は、玉城冴子だが、住所はない。

十津川は、中の便箋を取り出した。

便箋は、たった一枚で、文面も、短いものだった。

〈あいつを見つけて、殺してやる積もりです〉

それだけだった。

十津川は、封筒の消印を見た。那覇の消印で、日付は、十一月十二日。昨日の午前中である。

そして、「速達」の赤いゴム印が、十津川の眼に、焼きついた。

十津川は、その封書を、亀井に渡してから、若林たち三人に向かって、

「ここに書いてある『あいつ』というのが、誰なのか、ご存知なんですか？」

と、きいた。

「知っていますよ。新聞に出ていた浜野という男でしょう？　玉城さん夫婦に見せてもらった沖縄の写真に写っていましたからね」

と、そば屋の主人はいった。

「しかし、なぜ、この『あいつ』が浜野だと、思うんですか？」

「玉城さん夫婦は、沖縄から帰って来てから、とても、楽しそうだったんですよ。い

い人に出会った、夢がかないそうだといってね。二人とも、人がいいから、誰かに、欺(だま)されるんじゃないかって、心配していたんです。そして、玉城さんが、殺されました。この浜野というのは、新聞に出てたけど、詐欺で、大金を集めて、姿をくらました人でしょう？　きっと、玉城さんも、欺されて、金をとられたんです」

と、そば屋の主人は、いった。

「欺されて、金を取られたという証拠は？」

「それは、わかりませんが――」

「玉城さんの夢は、確か、大きな沖縄芸能の館を持って、島唄のライヴをやることでしたね？」

と、十津川は、きいた。

「もう一つあったんですよ」

と、喫茶店のマスターが、いった。

「もう一つというのは？」

と、十津川は、きいた。

「二人とも、沖縄の人ですからね。それに、両親も、まだ、沖縄で健在です。だから、沖縄に、錦を飾ること。それが、玉城さん夫婦の、もう一つの夢だったんです」

と、喫茶店のマスターは、いった。

「玉城の奥さんを助けてくれますね？」

と、若林がいう。

「全力をつくします。今、いえるのは、それだけです」

と、十津川は、いった。

「そういえば、玉城の奥さんが、百万円おろしたと、いっていたよ」

と、若林が、思い出したように、いった。

「私も、聞いた」

と、そば屋の主人が、いう。

十津川が、眼を向けると、若林が、

「沖縄から戻ったあと、玉城の奥さんが、百万円おろして来たと、いうんです。普通、そんな、自分のところの台所なんか、口にしませんよね。だから、不思議な気がして、どうするんですかって、聞いたら、これで、夢が買えるのって、嬉しそうな顔をしていたんです。きっと、この浜野って詐欺師に、百万円、欺し取られたんですよ。そうに決まってる！」

と、激しい口調で、いった。

「なるほど」

と、十津川は、肯いた。が、半信半疑でもあった。

浜野は、C興産を作って、取り込み詐欺をやったのだ。標的は、在庫を抱えて、四苦八苦の中小企業。在庫品を、大量に仕入れて、安く、売り払い、手形が落ちる時になって、会社を潰し、姿をくらましたのである。

そんな浜野が、個人を欺すだろうか？　億単位の詐欺を働いた男が、百万円を、欺し取るだろうか？

その揚句に、殺人まで、犯すというのは、おかしいのではないのか。

錦糸町の三人が、何回も、玉城の奥さんを助けてくれと、頭を下げて帰ったあと、十津川は、亀井に、

「こうなったら、われわれも、沖縄へ行かざるを得ないね」

と、いった。

7

伊地知と、早苗に、一日おくれて、十津川と、亀井も、羽田から、那覇に向かって、

出発した。

那覇までの一時間半、十津川は、黙って、考え込んでいた。

もし、浜野を見つけたら、どうしたらいいのか。捜査二課は、浜野社長以下、C興産の幹部など五人を、詐欺容疑で、追っている。

だが、まだ、殺人容疑で、逮捕状は出ていない。

浜野を、玉城殺しで、逮捕することは出来ないのだ。

それに、玉城冴子を、見つけたら、どうしたらいいのか？

今、十津川は、あの三人から渡された手紙を持って来ている。だからといって、誰かを殺すかも知れないからといって、逮捕できるだろうか？

那覇空港は、雨だった。

ここでは、まだ、その雨も、生あたたかい。

空港には、先着した伊地知と北条早苗が、迎えに来ていた。

二人が、十津川と亀井に、県警の知念刑事を、紹介した。

「今、十月中に売買されたホテル、特に、海沿いのリゾートホテルを、調べています」

と、知念が、いった。

十津川と、亀井は、いったん、伊地知たちが泊まっている那覇市内のホテルに入ることにした。

そのあと、十津川は、亀井と二人で、県警本部に、あいさつに出かけた。どうしても、県警の助力が必要だったからである。

県警の刑事課長が、

「今、三つのリゾートホテルの名前が、あがっています」

と、十津川に、いった。

彼は、沖縄の地図を広げ、その三つのリゾートホテルの場所を、赤丸で、示した。

「国頭（くにがみ）郡恩納村（おんなそん）のホテルＲ、同じく、恩納村のホテルＮ、そして、国頭郡本部町のホテルＤです。いずれも、十月中に、売られています」

「全部、国頭郡ですか」

「あの辺りは、リゾートホテルが、集中しています」

「買い手は、東京の人間ですか？」

「いや、一応、全部、沖縄の人間になっていますが、実質的なオーナーは、本土の人間でしょうね」

と、刑事課長は、いった。

一応、三つのホテルの買い手の名前を聞いたが、確かに、名義は、沖縄の人間になっていて、その名前から、浜野譲に辿りつくのは、難しそうだった。

「どうしますか？」

と、ホテルに戻ってから、亀井が、きいた。

「明日、この三つのリゾートホテルに、分かれて、チェック・インしよう。そのホテルで、浜野を見かけたら、そのホテルが、本命だ」

と、十津川は、いった。

翌日、恩納村のホテルRに、伊地知、同じくホテルNに、北条早苗、そして、本部町のホテルDに十津川と、亀井が、入ることになった。

「浜野か、玉城冴子を見つけても、勝手な行動はとらず、私に、連絡してくれ」

と、十津川は、伊地知と、早苗に、釘を刺した。

十津川と、亀井が、チェック・インすることになったホテルDは、那覇から、車で、約二時間半、本部島中央部の名護市の近くにあった。

本部半島の西側の海岸にあるホテルである。部屋数は、二十室と少ないが、どの部屋からも、エメラルドグリーンの海が見えて、いかにも、リゾートホテルの感じだった。

二人は、部屋に入り、お茶を運んで来た仲居さんに、

「このホテルは、最近、オーナーが、代わったみたいだね」

と、話しかけた。

「そうみたいですけど、わたしたちには、関係ありませんから」

と、仲居さんは、笑った。

「お客さんは、東京の人が多い？」

「ええ。関西の方も、よくお見えになりますけど」

と、仲居さんは、いう。

十津川は、立ち上がって、窓の外を見た。

栈橋が二本見え、片方に、ヨットや、ジェットスキーが、とめてある。もう一本の栈橋には、大型クルーザーが、繋留（けいりゅう）されていた。

「大きな船があるんだね」

と、十津川がいうと、仲居さんは、

「あれは、うちのオーナーの船です」

「お客は、乗せてくれないの？」

「オーナーが、いらっしゃらない時は、お乗せすることもあるみたいですけど」

「オーナーって、座間慶一という人？」

「いえ。もう一人のオーナーの方です」

「オーナーが、二人いるの？」

と、十津川がいうと、仲居さんは、困ったような表情になり、

「くわしいことは、存じません」

と、いって、出て行って、しまった。

夜になって、早苗から、電話が入った。

「ついさっき、玉城冴子らしい泊まり客を、見かけました」

と、早苗は、いった。

「彼女と、確定できないのかね？」

「すぐ、部屋に入ってしまいましたので。宿泊名簿では、名前が違っています。しばらく、監視すれば彼女かどうか、確定できると、思います」

「はっきりさせてくれ」

と、十津川は、いった。

そのあと、十津川は、亀井に頼んで、双眼鏡を買って来て貰い、ホテルのプライベイト桟橋に停まっている外洋クルーザーを、監視することにした。

或いは、このリゾートホテルの真のオーナーが、浜野で、この船に乗るところを見られるかも知れないと、考えたからだった。

交代で、部屋の窓から、監視する、が、なかなか、クルーザーは、動かない。停まったままで、人の乗っている気配がなかった。

伊地知の泊まるホテルでは、何の気配もないという。玉城冴子も現れないし、浜野の姿も見当たらないという。

早苗の泊まるホテルからは、翌日、

「間違いありません。玉城冴子が、泊まっています。例の三線のバッジをつけています」

と、電話してきた。

三日目になって、動きが出た。

玉城冴子が、ホテルを、チェック・アウトしたというのである。

早苗が、尾行する。

一時間後、早苗が、意外な報告をしてきた。

「玉城冴子は、今、ホテルDに入りました」

「ホテルDって、ここじゃないか」

「そうです。今、一階のロビーから、電話しています」

「玉城冴子は、このホテルに泊まるのか？」

「はい。今、チェック・インの手続きをとっています」

「よし。君も、ここに泊まれ。それから、伊地知刑事も、呼ぶんだ」

と、十津川は、いった。

「ここに、全員集合ですか」

と、亀井は、十津川に、いった。

「玉城冴子は、浜野がオーナーになったホテルを探して、泊まり歩いて、ここに来たらしい」

「なるほど。われわれが、考えた三つのホテルを、彼女も調べていて、このホテルに、やって来たのかも知れませんね」

「そうだろうね」

と、十津川は、いった。

十津川は、伊地知と、早苗の二人には、ホテル内を、歩かせて、浜野の発見に当たらせ、自分と、亀井は、根気よく、双眼鏡によるクルーザーの監視を続けた。

なかなか、浜野は、現われない。このホテルのオーナーではないのか、それとも、用心深いのか。十津川は、後者と考えて、粘ることにした。玉城冴子も、このホテルから、動こうとしない。

十津川と亀井が、泊まって、五日目。

朝から、風もなく、海は、穏やかに、静まり返っている。

午前十時頃から、外洋クルーザーに、人の気配があった。

甲板で、人が動き、釣竿（つりざお）や、潜水具などを積み込んでいる。

その中（うち）に、一人の男が、姿を現わした。

サングラスをかけ、フィッシング・キャップをかぶった中年の男である。クルーザーの船長が、頭を下げているところをみると、このホテルのオーナーだろう。

十津川は、じっと、双眼鏡を向けて、観察した。

写真で見た浜野に、よく似ているが、断定は、出来ない。

双眼鏡を、亀井にも渡して、確かめさせる。

「背恰好（せかっこう）は、ぴったりですね。顔も似ている」

と、亀井が、いっている間に、大型クルーザーは、桟橋を離れて、走り出した。

伊地知と、早苗が、部屋に入って来た。二人とも興奮した顔をしていた。

「今、出港したクルーザーに、浜野が、乗っていましたわ」

と、早苗が、いう。

「しかし、君は、浜野を、写真でしか知らないんだろう？」

と、十津川は、きいた。

「はい」

「それで、なぜ、断定できるんだ？」

「私が、断定したんじゃありませんわ。断定したのは、玉城冴子ですわ」

と、早苗は、いった。

「彼女に、聞いたのか？」

と、亀井が、眉を寄せて、きいた。

「そんなことは、しませんわ。彼女の眼です」

と、早苗がいい、伊地知が、続けて、

「二人で、玉城冴子の様子を、観察していたんです。彼女は、じっと、クルーザーが出港するのを見ていましたが、甲板にいる浜野の顔を、睨むように、見ていました。あの眼は、異様でした。浜野でなければ、あんな眼はしないと、思いますね」

と、いった。

8

玉城冴子が、何をしようとしているのか、十津川は、それを知りたくて、伊地知と、早苗に、彼女の動きを、監視するように、いっておいて、大型クルーザーに乗った浜野が、何処へ行ったかを、調べることにした。

その結果、問題のクルーザーは、本部半島の西に浮かぶサンゴ礁の島、水納島(みんなじま)と、北に見える伊江島(いえじま)をめぐって、三日後に、戻ることが、わかった。

翌日、玉城冴子は、朝食のあと、外出した。

伊地知と、早苗が、尾行に、当たった。

冴子は、バスに乗り、本島南部の糸満に向かった。

冴子は、糸満にある実家に帰ったのだが、泊まらずに、夕方には、ホテルDに戻った。その時細長い包みを、重そうに、提げていた。

伊地知が、糸満に、残って、聞き込みを行うことになった。

このあと、なぜか、冴子は、部屋に閉じ籠(こも)ってしまい、めったに、外に出て来なくなった。

（何かが、進行している）

と、十津川は、思った。何がかは、わからないが、それが、大型クルーザーが、浜野を乗せて、戻って来た時に、始まり、終わるだろうということは、予測できた。

しかし、この想像だけで、冴子を、逮捕することは出来ない。今のところ、彼女は、犯罪と呼べることは、何もしていないからである。

糸満に残った伊地知は、苦戦していた。冴子の実家の両親も、漁師の兄も、口がかたいのだ。それに、近所の人たちもである。

その中に、冴子の兄が、基地の米兵から、何か、危険なものを買ったらしいという噂が、聞こえてきた。

伊地知が、最初に考えたのは、拳銃ではないかということだった。

しかし、冴子が、持っていったものは、拳銃にしては、大き過ぎたし、米軍の使っているM16のようなライフルは、女の冴子には、使い切れないだろうと、思った。

伊地知は、翌日も、ホテルから、糸満へ出かけて、噂の正体を、探って、いった。

その結果、冴子の兄の友人で、今は、漁師をやめ、釣具店をやっている男から、噂の正体を、聞くことが、出来た。

「あれは、圧搾空気を使って、モリを射ち出す水中銃だよ」

と、その男は、いった。

「威力があるんですか？」

と、伊地知は、きいた。

「大きなサメを、一撃で倒せるくらいだからね。アメリカや、オーストラリアで、サメ退治専門に、使われているらしいんだが、日本では、一般に使用を禁止されてる。威力が強すぎて、危険だからね」

「実物を見たんですか？」

「ああ。あいつに、見せて貰ったよ。ほら、あいつのオヤジが、サメにやられただろう。だから、あれで、仇討ちをするんだと、思っていたんだがね」

「空中でも、威力があるんだろうか？」

「原理は、鯨捕りの捕鯨砲と同じだから、威力はあると、思うよ」

と、相手はいった。

伊地知のその報告を受けて、十津川たちは、ショックを受けた。

「すぐ、取りあげましょう」

と、早苗は、いった。

「取りあげても、別の凶器を、手に入れるだろう」

と、亀井が、いう。

「じゃあ、放っておくんですか？」

と、早苗が、怒ったような声を出した。

「私は、この結果を見てみたいんだよ」

と、亀井は、いった。

「玉城冴子が、浜野を殺すところを、見守るんですか？」

「バカ。絶対に、殺させやしない。ただ、浜野の反応を見たいんだ」

と、亀井は、いった。

十津川は、判断をしかねた。

玉城冴子から、問題の水中銃を取りあげるのは、簡単だろう。

しかし、そうしたら、冴子は、別の凶器を見つけてくるだろう。

エア・ガンを改造するかも知れない。市販のボーガンかナイフなら、買って持っていても、今度は、取りあげることが、出来ない。

「問題は、浜野が、果たして、玉城勝男を殺したのか、動機は、何なのかということだ。それが、わからなければ、冴子から、水中銃を取りあげても、解決にはならないぞ」

と、十津川は、いった。

十津川にとって、難しく、危険な決断になった。

ここに、三上(みかみ)刑事部長がいたら、青筋を立てて反対するだろう。

誰でも考えるのは、玉城冴子から、水中銃を取りあげ、なぜ、そんな物騒(ぶっそう)なものを持っているかを、問いただすことだろう。

だが、冴子が、それで、本当のことを話すとは、とても、思えなかった。彼女の性格なのか、それとも、沖縄糸満の女の一徹さなのかわからないが、彼女は、自分で、殺された夫の仇を取る気なのだ。

そんな、激しい性格の冴子が、素直に、真実を話してくれるとは、とても考えられない。

浜野の方も、同じだった。なぜ、玉城を殺したかを、自白する筈がない。捜査二課に委(まか)せれば、浜野を詐欺罪で、起訴は出来るだろうが、彼が、刑務所に入ってしまえば、井の頭公園での殺人事件は、永久に、暗闇の中に、ほうむられてしまうだろう。

十津川は、そうはしたくないのだ。

そのためには、危険な淵も、歩かなければならない。下手(へた)をすれば、責任をとって、警察を辞めなければならないかも知れない。

「全て、私の命令で、動いて貰う」

と、十津川は、亀井、伊地知、北条早苗の三人に、言明した。

日本の警察機構は、ありがたいことに、上司の命令には、絶対服従で、逆にいえば、部下は、その場合、行動に責任を持たなくてもいいことになる。十津川一人が、責任をとれば、すむのだ。

浜野の乗った大型クルーザーが、伊江島から戻って来る日の朝になった。

その時になって、伊地知と、早苗が、突然、

「玉城冴子が、いません」

と、いってきた。

十津川は、反射的に、窓から、プライベイト桟橋に、眼をやった。

長さ三十メートルほどの木の桟橋は、朝の陽差しを受けているが、誰の姿も、見えなかった。

「ちゃんと、見張っていたのか？」

亀井が、叱りつけるように、二人の刑事に、きく。

「いつの間にか、いなくなったんです。浜野の乗ったクルーザーが、着くまでは、動かないと、思っていたんですが」

と、伊地知が、青い顔で、いう。

「ボートで、クルーザーを迎えに行き、沖で、結着をつける気じゃありませんか？」

と、亀井が、いう。

十津川は、沖に姿を見せた、純白のクルーザーに眼をやった。その周囲に、ボートはいない。第一、小さなボートで近づいても、あの大きなクルーザーに、弾き飛ばされてしまうだろう。

「とにかく、桟橋へ行くぞ！」

と、十津川は、怒鳴った。

四人は、エレベーターで一階におり、中庭に出て、桟橋に向かった。

クルーザーが、スピードを落として、桟橋に、接岸する。いぜんとして、玉城冴子は、姿を現わさない。

クルーザーから、二名の船員が、桟橋に飛びおりて、ロープで、船の繋留作業を始めた。

まだ、冴子は、現われない。

船体が、固定されると、クルーザーから、他の船員が降りて来た。

最後に、サングラス姿の浜野が、船長と、降りて来た。陽焼けして、楽しそうだ。

その時、桟橋の先端で、水中から、人影が、這いあがってくるのが、見えた。

水着姿の女だった。

逞しい身体つきの女は、両手で、バズーカ砲のような水中銃を抱え、水を頭から、したたらせながら、桟橋の上に、仁王立ちになった。

玉城冴子だった。

彼女は、暗い中から、じっと、桟橋の下の海の中に、身をひそませていたのだ。

「浜野、待ちなさい！」

と、冴子が叫ぶように、いう。

浜野が、船長と、振り向く。その身体が、硬直したように動かなくなった。

先に歩いていた船員たちが、異変に気付いて、あわてて戻ろうとするのを、十津川が、

「行かせるな！」

と、怒鳴った。

伊地知と、早苗が、飛び出して行き、警察手帳を示して、船員たちを、追い払った。

十津川と、亀井が、水中銃を構えている冴子の動きを注意しながら、ゆっくり近づいて行った。

「来るな！」

と、冴子が、叫ぶ。

十津川と、亀井は、足を止めた。

「刑事さん。何とかしてくれ」

と、浜野が、甲高い声で、いう。

「われわれは、東京の殺人事件を追って来たんだ。事件に関係がなければ、静観するより仕方がない」

十津川は、突き放すように、いった。

「動いたら、殺すよ」

と、冴子が、いった。陽があがってきて、彼女の背中から当たり、身体全体が、光っているように見えた。

浜野は、立ちすくんだまま、

「なぜ、殺すんだ？」

「わたしの主人を殺したからさ」

「私は、殺してなんかいない！」

と、浜野は、叫ぶように、いう。

「わたしは、言いわけなんか聞きたくないんだ。あんたを殺せば、気がすむんだ」

「あんたの夫を殺したのは、そこにいる安田(やすだ)だ！」

と、浜野は、船長を、指さした。

「カメさん。その船長に、手錠をかけろ」

と、十津川は、いった。

亀井が、船長の腕をねじあげるようにして、手錠をかけた。

「殺せといったのは、社長だ！」

と、手錠をかけられた船長が、怒鳴る。十津川は、構わずに、

「われわれは、船長を連行して、帰ろう。あとの二人は、放っておけばいい」

と、いった。

「私が、殺されそうになってるのに、放っとくのか？」

と、浜野が、悲鳴に近い声で、いう。

「ここの警察には、伝えておくよ」

と、十津川は、いった。

冴子が、水中銃を構えたまま、一歩、浜野に近づいた。

「助けてくれ」

と、浜野が、かすれた声を出した。

「井の頭公園の殺人事件の犯人なら、逮捕して、東京に連れていくが、違うのなら、そこへ、放っておくより仕方がない。われわれとは、何の関係もないからね」

と、十津川は、いった。

「警部。帰りましょう。時間のムダですよ」

と、亀井が、いう。

「わかった。私が、殺したんだ。その安田に手伝わせて」

と、浜野が、やっと、いった。

十津川が、手錠を取り出すと、冴子が、

「動かないで！」

と、叫んだ。

「彼は、あんたの夫を殺したと、自供したんだよ」

「私は、警察には委せないで、自分の手で結着をつける。ずっと、そのつもりで、いたんだから」

と、冴子は、いった。

その声は、ふるえていない。

（本当に、殺る気だ）

と、十津川は、思った。

水中銃を取りあげることなど、とても出来そうもない。少しでも、十津川が動けば、冴子は、引金をひくだろうし、その距離で、外れはしないだろう。

その時、離れたところにいた伊地知が、いきなり、拳銃を、空に向かって、撃った。

冴子が、はっとして、伊地知に眼をやった。

その一瞬の隙を見つけて、十津川は浜野に体当たりした。

とたんに、冴子が、水中銃の引金をひいた。

空気を引き裂いて、モリが、飛んできた。

モリが、倒れた浜野の肩口をかすめて、血が噴出した。

一緒に、転がった十津川の顔に、その血が降りかかった。

「カメさん水中銃を押さえろ！」

と、その血の中で、十津川は、叫んでいた。

9

浜野は、すぐ、病院へ運ばれ、そこで、事情聴取ということになった。

傷口を、七針ぬった浜野は、すっかり、気弱になっていた。

「こんなことになるとは、思っていませんでしたよ」

と、浜野は、か細い声でいった。

「何がだ？」

と、十津川は、テープを回しながら、きいた。

「玉城夫婦のことですよ」

「沖縄へ行く飛行機の中で、会ったんだね？」

「ええ。偶然、席が、隣り合わせに、なったんです」

「君は、リゾートホテルを買いに行ったのか？」

「ええ。金が集まっていて、月末には、逃げ出すつもりでしたからね。私はね、ずっと、沖縄の海に、憧れ続けていたんです。東北の海には、嫌な思い出しかありませんでしたからね。私は、正反対の明るい沖縄の海に、憧れていたんです」

「それで、玉城夫婦とは?」

「あの二人が、沖縄出身で店を開いていて、島唄を歌うといったんで、つい、社交辞令のつもりで、今度、リゾートホテルを、持つことに、なったので、そこに、店を出させてあげてもいいって、これは、口から出まかせですよ。社交辞令ですよ。ところが、あの夫婦は、すっかり、乗り気になってしまったんです」

「罪なことを、いったものだな。あの夫婦の望郷の思いを、考えなかったのか」

「とにかく、私のリゾートホテルの中に、店を持って、島唄を歌いたいと、いうんです。もう、それが、実現したみたいにね。沖縄に着いた翌日には、二人で、私の泊まっているホテルにまで、押しかけて来ましたよ」

「それから?」

「東京に戻ったら、今度は、会社にも、やって来ました」

「詐欺の舞台になった幽霊会社にか」

「C興産にね。丁度、金が、どんどん入ってくる大事な時に、押しかけられて、私は、弱ってしまってね」

「だから、殺したのか?」

と、十津川は、きいた。

「とんでもない。私は、もともと、暴力は、嫌いなんだ。何とか、玉城夫婦を、会社に近づけないように、したかったんですよ」

「それで？」

「私が、社交辞令で、沖縄の私のホテルで島唄をとか、店を出させるとか、いったのを、すっかり、真に受けてしまっているから、きっと、沖縄にやって来て、私のリゾートホテルを探すだろう。せっかく、別人の名義で購入しても、見つけられてしまう。警察だって、やってくるかも知れない。だから、話をつけようと、思ったんですよ。金でね」

「金で？」

「ええ。錦糸町で、会うのは、困る。玉城夫婦のやっている、三線と島唄のグループにでも来られたら、困りますからね。あの夫婦は、自分が、三線と島唄を教えている連中を、いつか、沖縄に招待して、本モノの島唄を聞かせたいと、いっていましたからね。だから、静かな所で会いたいといったんです。そしたら、玉城が、井の頭公園には、行ったことがあるというので、そこで、会うことにしたんですよ」

と、浜野は、いった。

「ひとりで、行ったのかね」

「安田を連れて行きました」

「なぜ？」

「私は、腕力に、あまり自信がないんです。だから、あの男を連れて歩いていたんです。あいつはね、船を動かすことと、腕力にだけは、自信がある奴なんです」

「用心棒か」

「ええ。まあ」

「夜だったな？」

「ええ。夜の十時に会うことにしたんです。玉城は、やって来ました。ひとりで、現われたので、最初、ひとりだと、思ったんです」

「それで？」

　と、十津川は、先を促した。

「沖縄のリゾートホテルで、君たちに店を貸すという話は、忘れてくれと、いいましたよ。彼は、怒り出しました」

「当たり前だろう」

「仕方がないので、用意してきた百万円を、渡したんです。百万ですよ。何もしないで、百万も、手に入るんですよ」

「それで？」

「ところが、玉城の奴、なおさら、怒って、つかみかかって来たんです。わけがわからんでしょう？　黙って、百万も、やろうというのに」

と、浜野は、いう。

「君は、わからないだろうな。玉城夫婦の沖縄に対する思いの深さが」

「私だって、沖縄は好きですよ」

「思いの種類が違う」

と、十津川は、いった。

「それで、どうしたんだ？」

と、亀井が、きいた。

「玉城が、今度は、自分の持って来た百万円を見せましてね。今日、お礼に渡そうと思って持って来たのに、私を欺したのかと、食ってかかって来たんですよ。それを見てた安田が、いきなり、ナイフで、玉城を刺したんです」

「嘘だな」

と、十津川は、いった。

「何が、嘘なんですか？」

「君は、話がこじれてきて、どうしても、玉城勝男の口を封じたいと、思ったんだ。安田は、君が、やれといったと、供述してるんだ」

　と、十津川は、いった。

　浜野は、黙ってしまった。

「それから？」

　と、亀井が、厳しい声で、いった。

「とにかく、刺されて、玉城は、逃げ出しましたよ。二人で、追いかけたとき、玉城の妻が、現われたんです」

「心配して、見に来たんだ」

「こうなったら、彼女も、殺さなければと思ったんですが、逃げられてしまいました。きっと、警察にいうだろうと思いましたが、なぜか、彼女はいわずに、姿を消してしまったんです。私も、安田も、彼女が、すっかりぶるってしまって、姿を隠したんだと、思いましたよ」

「それも、君の勝手な思い込みだな。彼女は自分の手で、夫の仇を討とうと思ったんだ」

　と、十津川は、いった。

「玉城の死体から、身元のわかる品物を、全部、持ち去ったのも、お前のやったことだな？」

と、亀井が、きく。

「ええ」

「玉城が、お礼にと持参した百万円も、奪ったのか？」

「それは、安田が、取っていったんですよ」

と、浜野は、いった。

浜野と安田は、玉城勝男殺害容疑で、起訴された。

玉城冴子は、傷害の罪で、起訴されることになった。殺人未遂にはしなかったから、多分、刑は、軽くてすむだろう。

哀しみの余部鉄橋

あまるべ

1

十一月二十日、今年初めて、気温が八度を割り、寒い朝を迎えた。夜になって、しぐれてきた。

そして、この日、事件が起きた。

場所は、新宿区西落合(しんじゅくくにしおちあい)の、マンションの一室だった。

そのマンションの最上階、七〇八号室で、三十歳の女が殺された。女の名前は、中村愛(なかむらあい)。新宿歌舞伎町(かぶきちょう)の、クラブ『河』で働くホステスだった。

発見者は、同じクラブで働く、同僚のホステスだった。

中村愛が、前日、無断で休んでいたために心配になり、自分も、近くのマンションに、住んでいるので、帰り際に、寄ってみたというのである。

ドアに、カギが掛かっていなくて、部屋には、灯りがついていた。それで、中に入ってみると、中村愛が、絨毯を敷いたリビングルームで、倒れて死んでいるのを、発見した。

派手なネグリジェ姿で、死んでいたので、最初、同僚は病死かと、思ったという。しかし、その後の捜査で、首を絞められて、死んでいるのが、わかった。殺人事件である。

捜査一課の十津川が、この事件を、引き受けることになったが、現場のマンションに行き、初動捜査班の鈴木警部に、話をきくと、鈴木は、こんなことをいった。

「この事件の捜査は、慎重に、やったほうがいいぞ」

鈴木は、十津川の先輩にあたる。

「どうしてですか？」

と、十津川が、きいた。

「新宿署の高橋警部は、確か、君の同期生じゃないか？」

と、鈴木が、きいた。

「ええ。彼なら、同じ年に、警察に入った、同期生です」

「彼とは、仲がいいほうか？」

「特別に、親しいということは、ありませんが、だからといって、仲が悪いわけではありません。時々会って、一緒に、食事をしたりしますよ」

と、十津川は、いってから、

「ひょっとして、彼が、この事件に絡んでいるんですか？」

「いや、まだ、はっきりしたことはわからないんだがね。発見者は、被害者の同僚の、ホステスなんだが、そのホステスに、話をきいたところ、高橋君の名前が出てきたんだ。どうも、その口振りだと、高橋警部は、被害者の女性と、親しくしていたらしいんだ。もちろん、私は、高橋君が、この事件に、関係しているとは、思わないが、一応、慎重にやったほうがいいね」

と、鈴木は、いい残して、引き揚げていった。

十津川は、急に、気が重くなった。もちろん、この時点で、あの高橋が、今度の殺人事件に、関係しているとは、思わないが、気が重いことに変わりはない。

十津川は、リビングルームの床に、寝かされている、死体を見ることにした。発見された時は、うつ伏せだったというが、今は、仰向けにされている。

花柄のネグリジェを着ていて、喉には、鬱血の跡があった。明らかに、首を絞められて、殺されたのである。

検視官が死体を調べ、鑑識が写真を撮っている間、十津川は、部屋の隅に、ボンヤリと、腰を下ろしている女に、近づいていった。

発見者の、井上香織という、ホステスだった。

「君は、被害者と、新宿署の高橋警部が、親しかったといったそうだが、それは、本当なのかね？」

十津川が、声をかけた。

香織は、大きな目を開けて、十津川を見て、

「誰でも、知っているわ。ウチの店では有名だから」

と、いった。

「どんなふうに、有名なんだ？」

「殺された愛ちゃんが、ストーカーに、つきまとわれて、悩んでいたことがあったの。今年の春頃だったわ。無言電話を、かけてきたり、店から帰ってくる愛ちゃんを、マンションの前の暗がりで待っていたり、変な手紙を、寄越したりして、愛ちゃんを、困らせていたのよ。ストーカー被害って、なかなか解決できないじゃないの。その頃新宿署の高橋さんが、時々ウチの店に、遊びに来ていてね。その話をきいて、親身に

なって、愛ちゃんのことを、心配して、そのストーカー男に、話をつけて、追い払ってあげたの。それ以来、愛ちゃんも、高橋さんのことを信頼して、つき合っていたわけ」

と、香織は、いった。

「しかし、高橋警部には、妻子があるはずだよ」

十津川が、いうと、香織は、笑って、

「そんなこと、別に、問題ないんじゃないの？　男と女だから、好きなら好きで、仕方がないわ」

「それで、二人の仲は、最近まで、うまく行っていたんだろうか？」

「それは、知らないけど、ずっと、つき合っていたことは確かね。それは、間違いないわ」

「そうか。二人の仲は、最近まで、うまく行っていたのか」

十津川は、少しホッとして、いった。

「でも、ホントはどうだったかは、わからないわ。最初のうちはね、愛ちゃんも、高橋さんにとっても、感謝していて、高橋さんに、背広を買ってあげたり、時計を、買ってあげたりしていたらしいわ。でも、最近は、そんな話をきいていないから、もしかすると、二人の仲が、まずくなっていたのかも、知れないわよ」

香織は、急に、十津川が、心配するようなことを、いった。

「本当は、どうなんだ？」

と、十津川が、きくと、香織は、また笑って、

「それは、本人にきいたら、どうなの？　新宿署の高橋さんは、あなたと同じ、刑事仲間なんでしょう？」

と、いった。

2

中村愛の死体は、司法解剖のために、東大病院に、送られた。

その結果、死因はやはり、喉を絞められたことによる、窒息死（ちっそくし）。死亡推定時刻は、前日の十一月十九日、午後十一時から十二時の間と、なった。

被害者は、前日の、夜遅く殺されて、翌日の、これもまた、夜遅く、同僚によって、発見されたことになる。

室内は、ほとんど、荒らされていなかった。

また、現金や預金通帳も、そのままだった。そのことから、捜査本部は、物盗りの犯行ではなく、顔見知りの犯行と、断定した。

その線にそって、まず調べることにしたのは、被害者、中村愛の、男性関係だった。中村愛は、身長百六十八センチ。高校時代に、水泳をやっていたというだけあって、立派な、体をしている。したがって、犯人は、女性ではなく、男性だと、見られたからである。

それを、調べていた刑事の一人亀井刑事が、

「被害者が、親しくしていた男性は、二人ですね。しかし、ちょっと、困ったことになりました」

と、十津川に、いった。

「わかっている。その一人は、新宿署の高橋という警部なんだろう?」

と、十津川が、いった。

「ご存知だったんですか?」

「ああ、知っていた。高橋と私は、同じ年に、警視庁に入った同期生なんだ。何度か、食事も一緒にしている」

十津川が、いった。

「それをきいて、安心しました。警部が、捜査をやりにくいだろうと思って、心配したんですよ」

　亀井が、ほっとした顔で、いう。

「確かに、少しばかり、引っかかりはするが、しかし、容疑者の中に、同僚がいたからといって、手心を、加えるわけには行かないんだ。正々堂々と、捜査をしようじゃないか」

　十津川は、自分自身を、励ますように、いった。

　もう一人の男は、中村愛と、同じ三十歳。S大出身で、新宿のM銀行で働くエリートサラリーマンだった。まだ結婚していなくて、独身である。

　その男の名前は、小笠原久夫（おがさわらひさお）。

　その小笠原のほうは、西本と日下の二人に調べるように、いってから、十津川は、亀井と二人、新宿警察署に行って、高橋に、会うことにした。

　高橋は、生活安全課にいた。

「そろそろ、君がやって来る頃だと、思っていたよ」

　高橋は、先回りするように、十津川に、いった。

「君は、いつから、生活安全課に変わったんだ？　確か、ずっと刑事課に、いたんじか？」

やないのか？」

十津川が、きいた。

「自分から希望して、生活安全課に、移ったんだ」

「いつから？」

「今年のはじめだ」

「しかし、君は刑事課の仕事が好きで、二十年近く、刑事課一筋じゃなかったのか？」

十津川は、首を傾げて、きいた。

高橋は、笑って、

「本庁の君には、わからんだろうが、所轄にいると、むしろ、生活安全課のほうが、面白いんだよ。だから、俺は、志願して、生活安全課に移ったんだ」

と、いう。

十津川は、被害者、中村愛のことを考えた。

確か、井上香織という、同僚のホステスが、こういっていた。

「今年になって、中村愛が、ストーカーに狙われて困っているのを、高橋警部が、助けてやった。それから二人が、親しくなった」

と、香織は、いったのである。

ストーカー行為を、止めさせるのは、刑事課の仕事ではない。それは、生活安全課の仕事である。

だから、ひょっとして、高橋は、中村愛のために、刑事課から、生活安全課に、移ったのではないのか、十津川は、ちらりと、そんなことを、考えたが、もちろん、それは、口には出さず、

「今日、君に、会いに来た理由なんだが」

「わかっている。十一月十九日の夜に、殺されたホステスの件だろう。あのホステス、中村愛のことなら、よく知っている。別に、それを否定するつもりは、ないよ」

高橋は、たんたんとした口調で、いった。

「それなら、話しやすい」

十津川は、自然に、微笑していた。

高橋が、黙ってしまったので、十津川のほうが、言葉を続けて、

「君と中村愛との関係は、どういう、ものだったんだ？」

と、きいた。

「正直にいうよ。いわゆる、男と女の関係が、あった。それは、否定しない。しかし、

そのことで、刑事としての仕事を、なおざりにしたことはない」

高橋は、そんな答え方をした。

「彼女は、ストーカーに、悩まされていた。君が、それを、助けてやってから、親しくなった。そうきいたのだが、これは、本当の話なのか？」

「ああ、本当だ」

と、高橋は、いった。

高橋は、饒舌なほうだが、やはり、こうした訊問のような、形になってくると、ポツリポツリと、一言ずつ、切れたような答え方をする。

「彼女が、そのことで、君に感謝して、いろいろと、プレゼントを、したというのも、本当なのか？」

「それも本当だ。しかし、そう大したものを、もらったわけじゃない。俺のほうも、彼女の誕生日などには、きちんと、お返しに、プレゼントをしている」

と、高橋が、いう。

しかし、そうしたプレゼントの交換は、刑事の場合、疑惑の目で、見られるのではないだろうか？

十津川は、そう思ったが、それは口には出さず、

「事件のあった十一月十九日の、夜十一時から十二時までの間だが、君は、どこにいたんだ？」

と、きいた。

「アリバイか？　あの夜なら、俺は、歌舞伎町のA交番にいたよ。当直予定の若い警官が急病で休んだため、応援に行ったんだ。だから、朝までずっと、あのA交番の中にいたよ」

高橋が、いった。

「そのことを、証明することは、できるのか？」

「若い金井巡査が一緒だった。だから、金井巡査に、きいてくれ」

と、高橋は、いった。

「ああ、後できいてみる。ところで、君の奥さんの、淳子さんは、どうしている？」

十津川は、話題を変えた。

「家内なら、元気にしているよ」

「子どもも、大きくなったんじゃないのか？　僕が知っているのは、確か、まだ、五歳の頃だったが」

「もう五歳じゃない。小学二年生だ」

と、高橋が、いった。

「一度、君の家に、遊びに行きたいね。適当な日があったら、教えてくれ」

十津川が、いった。

「ああ、家内に、きいてみる」

と、高橋が、答える。

何か、最後のほうは、儀礼的な話に、なってしまった。

その後、十津川は、金井という、三十歳の巡査に会った。

3

「十一月十九日の、夜のことをききたいんだが、その夜、君と高橋警部が、当直だったというのは、間違いないのかね？」

十津川が、きいた。

「間違いありません。私たちは、翌朝まで、A交番にいました」

「その間、ずっと、一緒にいたのかね？」

十津川が、きくと、

「アリバイ調べですか？」

　と、金井は、少し眉(まゆ)を寄せた。

「私のほうが、質問しているんだ。簡単明瞭(めいりょう)に答えて欲しい」

　十津川が、いった。

「わかりました」

　と、金井が、いう。

「ほとんど、一緒でしたが、別れている時間もありますよ。夜中にも、この交番を、訪ねてくる、酔っぱらいや、おかしな人間が、いますからね。私がその応対をしている時は、高橋警部は一人で、二階に、いらっしゃったはずです」

「すると、二人が、常に一緒ではなくて、離れていた時間も、あったわけだ」

「その通りです。そのほうが、自然じゃないでしょうか？　いつも、くっついていたら、むしろ、おかしいですよ」

　と、金井は、いった。

「離れていた時間は、どのくらい、あったんだ？」

　十津川が、きいた。

「いちいち、時計を見ていたわけでは、ありませんから、正確なことはわかりませんが、長くても、せいぜい四十分くらいじゃなかったですかね」

と、金井は、いった。

「四十分か。それ以上ということは、なかったかね？」

「今もいったように、正確な時間は、わかりません。ですから、四十分くらいという感じしかわかりませんし、そうとしか、答えられませんよ」

金井が、少し怒ったような口調で、いった。

A交番から、新宿区西落合にある、被害者のマンションまで、車を飛ばしたら、どのくらいで、往復できるだろうかと、十津川は、考えた。

夜中なら、車は少ないだろう。それなら、片道十五分もあれば、行けるのではないか？

そう考えれば、四十分あれば、車を飛ばして、あのマンションまで行き、七〇八号室で中村愛を、殺してから、この交番まで、戻ってこられるのだ。

十津川は、実験をしてみた。

高橋が乗っている車は、トヨタの、白のチェイサー、年式は去年のものである。

同じ車種の車を使って、A交番から、被害者の住んでいた、新宿区西落合の、マンションまで、往復してみた。

時間も、午後十一時過ぎという、同じ時間帯に実験してみた。

その結果、片道約八分、約十六分で、往復できることがわかった。

問題のマンションに着いて、七〇八号室まで、エレベーターで上がり、中に入って、中村愛を殺し、それから急いで、帰ってきても、二十五分もあれば、悠々間に合うのである。

それなのに、金井巡査の証言では、四十分も、自分は、一人になっていたといっている。

二人で、当直したのだから、高橋警部も、四十分、一人でいたことになる。四十分あれば、楽に、西落合のマンションとの間を往復して、殺すことは、可能なのだ。

つまり、高橋に、アリバイは、ないことになってくる。

十津川は、そのことを、直接、高橋に、ぶつけてみた。

高橋は、それには、直接答えず、

「俺は、確かに、中村愛と、つき合っていたことがある。しかし、彼女は、あのクラブで、ナンバーワンだったんだ。美人だし、愛想がよくて、男好きがするからね。だから、俺以外にも、彼女とつき合って、深い仲になっていた、男もいたんじゃないのか？　その男のことは、調べたのか？」

と、十津川に、きいた。

「もちろん、間違いなく調べたよ。そして、君ともう一人、三十代の、エリートサラリーマンが浮かび上がってきた。その男のほうは、独身で、ハンサムでもある」

「じゃあ、その男を疑え。その男を、どのくらい調べたんだ？」

「確かに、その男も、マークした。しかし、彼には、アリバイがあったんだよ。それも、完全なアリバイだ。問題の十一月十九日の夜だが、その時、彼は、仲間二人と、三日休みをとって、南紀白浜に、行っているんだ。南紀白浜のNというホテルで十八日、十九日、二十日と、二泊三日で、温泉旅行を、楽しんでいる。それは、私の部下が、直接ホテルに行って、間違いないことを、確認している。だから、この男の、アリバイは、成立した。残るのは、君だけでね。だからといって、私は、君を疑っているわけではない。問題は、アリバイなんだ。十一月十九日、君は、金井巡査と二人で、当直にあたった。金井巡査の、証言によると、あの夜は、酔っ払いや、常連の男が、何人か押しかけてきて、彼は、一階で、その男たちの、応対にあたった。そして、少なくとも、四十分は、彼らの相手をしていた。その間、君は一緒にいなかったのだから、四十分間のアリバイが、ないことになる。それも、夜の十一時から十二時頃にかけて、酔っ払いが、押しかけてきて、その応対に、疲れたと、金井巡査は、証言しているんだ」

「いや、それはおかしいよ。確かに、あのA交番には、酔っ払いや、常連の妙な男が、押しかけてきて、当直の巡査が、応対にあたることがよくある。あの日も、深夜になってから酔っ払いや、この辺のチンピラや、あるいは妙な男たちが、来たことは、俺も知っているんだ。しかし、金井巡査が、四十分も、その連中の応対をしていたとは、思えない。たぶん、そういう仕事は、面白くないからね。時間がやたらに、長く感じたんじゃないだろうか？　だから、もう一度、金井巡査にきいてくれないか？　本当に、四十分も、連中の相手を、していたのかどうかをだ」

高橋は、落ち着いた態度で、いった。

十津川は、もう一度、金井巡査に、話をきくことにした。

今度は、亀井も同席した。亀井には、冷静な第三者になって、判断してもらおうと、思ったのだ。

「十一月十九日の深夜、酔っ払いや、チンピラや、あるいは、歌舞伎町で働く妙な男が、押しかけてきて、君は、その応対に、追われていた。そういっていたね？」

十津川が、いうと、金井は、うなずいて、

「その通りです。よく来るんです、連中は。しかし、別に、何か用があるというわけじゃないんですよ。ただ単に、時間つぶしに、来るので、困ってしまいます。しかし、だからといって、追い出すわけにも、いきませんからね。何しろ、われわれは、市民の警察が、モットーですから」

「その時、四十分ぐらい、連中の応対をしていた。君は、そういっていたね？」

「ええ、そのくらい、時間が、かかったと思います」

「その仕事だが、君にとって、面白くないんじゃないのか？」

と、十津川が、きいた。

「もちろん、楽しい仕事じゃ、ありませんよ。今もいったように、市民の警察ということですから、我慢してはいますがね。特に、酔っ払いなんかは、酔って、からんで来ますからね。正直いって、殴って、放り出して、やりたいぐらいですよ」

と、金井は、いった。

「人間というのは、面白い仕事を、やっていると、時間を、短く感じる。反対に、つまらない仕事を、やっていると、やたらと、時間を長く感じるものだ。君は、四十分ぐらい、応対したといっているが、本当は、もっと、短かったんじゃないのかね？あの当直の夜、押しかけてきて、君にからんだのは、この近くに住む六十歳の男で、名前は、井上慎太郎。酒好きで、よく飲んでは、通行人にからんでいる。しかし、酒を飲まないと、まるっきり、違った、真面目な男になる。その男が一人。それから、チンピラはK組の人間で、何回か、この交番で逮捕したことがある。それからもう一人、歌舞伎町で働くゲイで、名前は、柴崎泰之（しばさきやすゆき）、それで、間違いないね？」

「そうですが、警部は、調べたんですか？」

「一人一人に会って、話をきいてきたんだ。酔っ払っていない時は、連中、すこぶる大人しくてね。十一月十九日の、夜のことをよく覚えていたんだ。確かに、三人とも、酔った勢いで、A交番に押しかけて、若い巡査に、からんだといっている。しかし、連中は、バラバラに来たんじゃなくて、三人ともほぼ同じ時間に来たといっている。やって来たのは、十一月十九日の夜の十一時頃で、まず六十歳の酔っ払いが、酔った勢いで、A交番に、押しかけてきた。君が応対したと、その酔っ払いの井上がいっているんだ。午後十一時頃、それは、覚えているね？」

「ええ、覚えています。最初に、その酔っ払いが、来たんですよ。その男は、よく来るんですよ。なぜか、巡査と話をするのが、好きなオッさんでね。酔っ払うと、必ずといっていいほど、ここに、来るんです」

「それで、この井上の証言によると、その時、君と、話をしていたら、歌舞伎町のゲイの男が、これも、酔っ払って入ってきた。そして、二人がケンカになったそうだ。

「ええ、確かに、そんな感じでしたね。だから、それを治めるのが、大変だったんですよ」

「そうしたら、今度は、そこへ、K組のチンピラが入ってきて、いきなりゲイの男を殴りつけた。顔から血が噴き出したそうだ。それを見て、六十歳の酔っ払いは、急に酔いが、醒めてしまった。そういっているんだが、君は、覚えているか？」

「チンピラが来て、殴ったんですか？　ああ、確かに、そうだったかも、知れませんね。あの時は、さすがの私も、腹が立ちましたね。それで、あのチンピラを、殴りつけて、追い出したんです」

「ああ、その通りだ。そのチンピラもいっていたが、いつもは、大人しい君から、いきなり殴られて、外に放り出された。そういっていたよ」

「じゃあ、そうしたんだと思います。それが、どうかしたんでしょうか？」

「今もいったように、君がいきなり、そのチンピラを殴りつけて、外に放り出したので、六十歳の、酔っ払いも、急に酔いが醒めてしまったといっているんだ。酔いが醒めた途端に、自分も怖くなって、というのも、自分が逮捕されるんじゃないのか、殴られるんじゃないのか、そう思って、逃げ出したといっている。三人目のゲイの男だが、彼からも話をきいたんだが、チンピラに、殴られて血が出てからすぐ、A交番を、出たといっているんだ。だから、その間の時間は、四十分もかかっていなくて、せいぜい十五、六分じゃないか、三人とも、口を揃えてそういっているんだが、その点は、どうなのかなあ？」

と、十津川が、きいた。

「そうですねえ」

と、金井巡査は、考え込み、

「確かに、あの夜は何か、めちゃくちゃに、いろいろなことがありましたからね。酔っ払いにからまれたり、チンピラが入って来て殴ったり、血が流れたり、そうですね。今、警部がいわれたことを、考えてみるとあっという間だったかも知れません。自分が思っているよりも短い時間だったかな。そうですね、十五、六分、そんなものかも知れません」

と、いった。

「その後、君は、どうしたんだ？」

「二階に上がって、下で、起こったことを、高橋警部に、報告しました」

「その後は？」

亀井が、きいた。

「インスタントコーヒーを、飲みましたよ。高橋警部が、淹れてくれたんです。そして、私と交替で高橋警部が、一階で勤務につき、私は十分ほど、二階で休憩したんです」

「その時間を覚えている？」

「えーと、あの時、コーヒーを、飲みながら、時計を見たんです。確か、午後十一時三十分ぐらいでしたね。ああ、あと三十分で、二十日になるんだ、そんなことを、考えたのを、覚えています」

と、金井は、いった。

「二階に上がって、高橋警部に、下で起きたことを報告して、それから、警部の淹れてくれた、コーヒーを飲んだ。その後で、時計を、見たんだね」

「そうです」

「そうすると、二階に上がる時間があり、報告する、時間があり、それから、高橋警部の淹れた、コーヒーを飲んだ。その後で、時計を見たんだから、その間、十分ぐらいは、経っているんじゃないのか？」

と、十津川は、いった。

「ええ、それぐらいは、経っていたと思います」

「十九日の夜、最初の酔っ払いが来た時は、午後十一時頃だった。それから君は、四十分間にわたって、三人の男に、応対したといったが、しかし、三人が帰って、それから、二階に上がり、高橋警部に、報告をし、コーヒーを、飲んでから時計を、見たら、十一時三十分だったんだ。そうすると、四十分も、かかったというのは、時間的に、おかしい。嫌な仕事だったから、四十分も、かかったと、思ったんじゃないのか？」

十津川が、いうと、金井巡査は、頭をかいて、

「そうですね。確かに、おかしいです。四十分も、かかったら、その後、時計を見て、十一時三十分だったというのは、おかしいですね。申し訳ありません」

「時間なんて、そんなものさ。とすると、君が、三人に応対していた時間は、どう見ても、十五、六分ということになってくる。これで、いいね？　何か、納得できないことが、あれば、いってくれ」

「いえ、納得しました、確かに、十五、六分ですね。ずいぶん、長い時間に、感じたんですけど」

と、金井が、納得して、笑った。

次の日、十津川は、自分のほうから、高橋を夕食に誘った。歌舞伎町にある、天ぷら屋だった。

「どういう風の吹き回しなんだ？　捜査するほうが、容疑者と一緒に、食事なんかしたら、まずいんじゃないのか？」

高橋が、笑いながら、きく。

「いや、君はもう、容疑者じゃないよ。それがわかったから、お詫びに、一緒に天ぷらでも食べようと、思ってね。それで、声を掛けたんだ。正直にいうと、私は、君が、中村愛を殺したと、思っていた。しかし、アリバイが、成立したんだよ。金井巡査が、君と別れていた時間は、せいぜい十五、六分だといったんだ。それでは、いくら、急いでみたって、A交番から、西落合の被害者のマンションまで、往復できない。つまり、アリバイが、成立したということさ」

「俺もホッとした。友人に疑われているのは、たまらないからね」

と、高橋も、笑う。

食事をしながら、十津川は、

「私は、東京生まれの、東京育ちで、故郷というものがないみたいなものだが、君は確か、山陰の生まれじゃなかったかな？」

「ああ、生まれたのは、山陰だ。余部(あまるべ)鉄橋というのを、知っているか？」

高橋が、ビールで、少しばかり、酔った顔で、十津川に、いった。

「余部鉄橋というと、例の、山陰本線のいちばん景色のいいところじゃないか。二、三回通ったことがあるよ。明治時代に、作られた鉄橋で、景色が、すごくよかった」

「実は、あの鉄橋の下に、小さな集落がある。鉄橋と同じ名前の、余部という集落だ。俺は、そこで生まれ、そこで育った」

「景色がよくて、いいじゃないか。海は近いし。東京生まれの私なんか、そういうところに、憧れるんだが」

十津川が、いうと、高橋は、苦笑して、

「そこに育った人間は、そんなふうには、考えないね。冬になれば、日本海からの強風が、まともに吹きつけてきて、大変だよ。俺がたまたま、休暇で、帰っている時に、事故があった。ひどい、事故だった」

「あれは確か、回送列車が余部鉄橋から落下して、何人か、死者が出たんじゃなかったか？」

十津川が、いった。

「その通りなんだ。一九八六年の十二月でね。回送中の、お座敷列車が、強風にあおられて、余部鉄橋から、落下した。七両の車両が落下して、下の民家と水産加工場に激突して、下で働いていた五人、それに、列車の車掌一人が、死んだ。それを、俺は直接見たんだ」

「その犠牲者の中に、君の知り合いも、いたのか？」

「ああ、全員が、知り合いだった。何しろ、小さな、集落だからね。その時、つくづく、思ったよ。俺は、こういうところで、生まれ、育ったんだ。そう思ってね。ひどく、落ち込んだのを覚えている」

「それは、考え過ぎじゃないのか？　私なんか、無責任かも、知れないが、あの余部鉄橋を、通過するたびに、景色のいいところだなと、思っているよ。海がきれいだし、山陰本線で一番の絶景じゃないかな」

「確かに、景色はいいよ。しかし、下の小さな集落に、住んでいる人間にとって、ひどく寂しいんだ。特に、若者は、そんな村に、嫌気がさして、都会に、出ていく。俺も、その一人なんだがね。それが、ときたま、妙に、懐かしくなって、余部に帰る。そんな時に、あの事故だったからね。二重の意味で、俺には、辛い事故だった」

と、高橋は、いった。

その後で、高橋は、こんな話もした。

「子どもの頃は、よく、あの余部鉄橋のところにある、余部駅に、行ったものだ。余部駅を出るとすぐ、余部鉄橋になるんだ。だから、余部駅は同じ高さにあってね。ほとんど、降りる人はいないんだ。だから、俺は、よくあの駅に遊びに行った。ホームのベンチに腰を下ろすと、眼の前に、日本海が広がっているんだよ。それを、じーっと、見ていた。その時、何を考えたのか、確かに、美しい景色で、スケッチしたことも、ある。しかし、じっと、海を見ながら、俺はいつか、この余部の集落を出ていく。そう自分に、いいきかせていたんだ。出ていかない限り、俺は、この小さな集落で、埋もれてしまう。そんなことを考えていた。それなのに、あの事故があって、知り合いが、死んだというのに、今でも、時々ふと、懐かしくなって、余部に、行ってしまうんだ。そして、時々、余部駅で降りて、ベンチに腰を下ろして、ボンヤリと、海を見つめていることがある。そして、ついつい、こんなことまで考えてしまうんだ。ひょっとすると、俺は、死ぬ時は、この余部に来て、死ぬんじゃないのかとね」

4

友人の、高橋警部のアリバイが、成立したことで、十津川は、ひとまず、ホッとしていたが、しかし、事件そのものの解決は、余計に、遠のいてしまった。

容疑者が、これですべて、シロになってしまったからである。

捜査会議で、十津川は、

「もう一度、この事件を、見直してみよう」

と、亀井たちに、いった。

十津川は、亀井と二人、もう一度、被害者、中村愛のマンションと、死んだ時に、身につけていたものを、調べてみることにした。

死体のほうは、すでに、茶毘に付されてしまっている。

十津川は、彼女が、死んだ時に、着ていたネグリジェを、調べ直してみた。

花柄の派手な、ネグリジェである。

死んだ時、彼女はネグリジェ以外、つけていなかった。仲間のホステスの話では、中村愛は、普段から、寝る時は、ネグリジェしか、身につけていないというから、これは別に、おかしくない。

しかし、問題のネグリジェを、丹念に調べているうちに、十津川は、妙なことに、気がついた。

「このネグリジェ、少しおかしいぞ」

十津川は、亀井に、いった。

「どこがですか？　このネグリジェですが、彼女を、よく知っている人間が、いつも彼女が寝る時に、着ているものだと、いっていましたから、別に、おかしいとは、思いませんが」

「いや、そのことはいいんだが、このネグリジェ、少し汚れているんだ」

「そういわれてみれば、少し汚れていますね」

亀井が、確認しながら、いった。

「それも、ネグリジェの内側が、汚れているんだよ。ネグリジェを着て、走り回ったとしても、汚れるのは、ネグリジェの、外側じゃないか。それなのに、このネグリジェは、なぜか、内側が汚れているんだ」

と、十津川が、いった。

ネグリジェを、ひっくり返すと、確かに、内側に、汚れが目立つ。

「彼女は、ほかに、何枚も、ネグリジェを、持っている。それなのに、どうして、この汚れたネグリジェを、事件当日の夜に、着ていたんだろうか？」

十津川は、首をひねった。

「確かに、おかしいといえば、おかしいですね。女性は、下着には、敏感ですから、汚れたネグリジェなんか、普通は、着ないでしょう」

と、亀井は、いった。

特に、中村愛は、ほかに、何枚も、同じような花柄のネグリジェを、持っているのだから、十一月十九日の夜に限って、内側の汚れたネグリジェを、着ていた理由が、わからない。

十津川は、考え続けたあとで、

「一つだけ、考えられることがある」

と、亀井に、いった。

「何ですか？」

「中村愛が、ネグリジェ姿で、犯人に会い、首を、絞められて殺された。それなら、ネグリジェの内側が、汚れるはずはない。とすると、彼女は、殺された時、ネグリジェを、着ていなかったんだ。犯人が、彼女を殺した後、裸にして、ネグリジェを着せた。彼女の身体(からだ)にゴミがついたので、ネグリジェの、内側にゴミがついてしまった。それよりほかに、考えようが、ないじゃないか？」

と、十津川が、いった。

「犯人が、殺した後、被害者を裸にして、ネグリジェを着せたんですか？」

「そうだよ。うまく着せられなかったから、裸の身体を乱暴に扱った。それで、身体にゴミがついて、汚れてしまった。その上に、ネグリジェを着せたから、ネグリジェの内側に、ゴミがつき、汚れてしまったんだ。そう考えれば、納得ができる」

と、十津川は、いった。

「しかし、なぜ、そんなことを、したんでしょうか？」

「犯人は、殺した中村愛に、ネグリジェを、着せる必要が、あったんだよ」

「でも、おかしいですよ。彼女が、裸で、応対したなんてことは、考えられませんが、下着姿で、犯人に会ったとしても、殺しておいて、そのまま、逃げればいいじゃないですか？　何も、苦労をして、ネグリジェを、着せる必要はありませんよ。また、ほかの服装をしていても、同じでしょう」

と、亀井は、いった。

「確かに、おかしいが」

と、十津川は、呟いて、しばらくの間、考えていたが、

「ひょっとすると、事件現場が違うのかも、知れないな。われわれは、中村愛が、彼女のマンションで、殺されたと思っていた。何しろ、ネグリジェ姿だったからね。しかし、殺しの現場が、違っていて、もちろん、その時は、ネグリジェ姿では、なかっ

た。外出の格好を、していたんじゃないか。そこで、犯人は、彼女を殺した。その後、彼女を、たぶん、自分の車でだろうが、このマンションまで、運んできて裸にし、そして、ネグリジェを、着せて、着ていた服は、どこかに、処分してしまったんだ。私は、そう考えるがね」

「しかし、犯人は、どうして、そんな、面倒くさいことを、したんですか？」

「もちろん、そうしなければならない理由が、あったからさ」

「そうすると——」

と、今度は、急に、亀井のほうが、顔色を変えて、

「犯人が、マンションに来て、中村愛を殺したのではなくて、彼女のほうが、犯人に会いに、行ったのかも、知れませんね。当然その時は、外出の格好を、していますから、それを、犯人が殺してしまった。しかし、そのまま、死体を放り出してしまえば、彼女が、会いに来たことがわかってしまう。そこで、急いで、死体を、彼女のマンションに運び、彼女を殺した場所が、マンションだということを、示そうとして、ネグリジェに、着せ替えたのかも、知れませんね。そう考えれば、納得がいきますよ」

と、いった。

「ああ、そう考えれば、納得がいく」

と、呟いてから、急に、十津川の表情が、暗くなった。

5

十津川が、黙ってしまったので、亀井は、心配そうに、彼の顔を、のぞき込んだ。

「警部は、友人の高橋警部のことを、考えているんじゃ、ありませんか？　もし、殺した場所が、彼女のマンションでは、ないとすると、自然に、高橋警部のアリバイも、崩れてきますからね。それを心配されたんじゃありませんか？」

「ああ、その通りなんだ。被害者が、外出の支度をして、A交番で当直をしている高橋に、会いに行った。そう考えると、彼のアリバイは、成立しない。十五、六分では、西落合まで、往復して殺せない。そう思って、ホッとしたんだが、もし、彼女のほうが、会いに行ったとすれば、五、六分で、殺すことが、可能なんだ」

十津川が、険しい表情で、いった。

あの夜、高橋は、話があるといって、彼女を、呼び出したのではないだろうか？

その時、一緒に当直をしていた、金井巡査は、階下で酔っ払いの、相手をしていた。

その間に、高橋は、A交番の、裏かどこかで、彼女に会い、首を絞めて殺し、そして自分の車のトランクにでも、押し込んでおいたのだ。

当直が終わってから、高橋は、彼女のマンションに、行って、彼女の死体を、部屋に運び込んだ。しかし、外出の格好をしていたのでは、自分のアリバイが、成立しなくなってしまう。

それで、彼女を、裸にして、彼女の、着慣れている、ネグリジェに着せ替えた。

そうしておいて、彼女の着ていた服は、焼却して、しまったに、違いない。

それで見事に、高橋のアリバイは、成立した。

だが、彼女が、十一月十九日の夜、自宅マンションの部屋にいて、ネグリジェを、着ていたのならば、そのネグリジェの裏が、汚れるはずはない。

6

「高橋警部を、もう一度呼んで、事情をきいてみますか？」

亀井が、きいた。

「それは、少し待ってくれ。高橋の容疑が、また濃くなったが、動機がわからない」

と、十津川が、いった。

「動機なら、いくらでも、考えられますよ。殺された中村愛は、新宿のクラブでは、売れっ子だった。それに対して、高橋警部のほうは、妻子が、あるんですからね。つき合っていれば、当然、おかしくなってきますよ。それで、彼女のほうが、別れたいといい出し、それに怒った、高橋警部が、彼女を、殺したんじゃないでしょうか？」

「いや、それだけならば、あの男は、殺したりはしないよ。殺せば、自分に、容疑がかかってくる。そのくらいのことは、十分にわかっていたはずだからだ。高橋は、利口な男だから、そんな状態で、女を殺したりはしない。もし、彼が犯人ならば、もっと大きな、理由があるはずだ。どうしても、彼女を、殺さなくてはならない理由がね」

と、十津川が、いった。

しかし、そんな理由が、あるだろうか？

十津川は、もう一度、高橋の、最近の様子を、調べてみることにした。

いちばん、気になるのは、今年に入ってから、彼が、長年務めていた刑事課から、生活安全課の主任に、なったことだった。

刑事にとって、生活安全課は、あまり、面白くない職場である。どうして、そんなところに、移ったのか？　それが一つの疑問だった。

十津川は、新宿警察署の、署長に、会ってみることにした。

「高橋警部が、刑事課から、生活安全課に移りましたが、その理由は、いったい、何だったんですか？　たとえば、刑事課で、何か、まずいことでもして、生活安全課に、異動させられたんですか？」

十津川は、署長に、きいた。

「いや、そんなことはない。彼は、優秀な刑事だよ。別に、ヘマもしていない。生活安全課に移ったのは、彼自身の、意思なんだ。確か、今年の二月だった。突然、彼のほうから、生活安全課に、移りたいといってきたんだ。事情をきいたら、刑事課の仕事も、面白いが、もっと、市民と、直接触れ合えるような職場に、移りたい。そういったんでね。その願いが、あまりに強すぎたので、生活安全課に、異動させたんだ」

と、署長は、いった。

「市民と、直接会うような仕事がしたい、彼は、そういったんですね？」

「その通りだ」

「その頃、殺された中村愛が、ストーカー被害を、訴えていますね？　その訴えは、当然、刑事課には、行かず、生活安全課に行くんじゃありませんか？」

「もちろん、そうだ。殺人や強盗じゃないからね。ストーカー被害が、最近多くなっているが、しかし、刑事課で扱う事件ではない。当然、生活安全課が扱う」

「そうすると、高橋警部は、ストーカー被害を訴えた、中村愛を、助けるために、生活安全課に、移ったということは、考えられませんか？」

　十津川が、きくと、署長は、眉をひそめて、

「立派な刑事が、そんな私事（わたくしごと）で、部署を異動するとは、普通なら考えにくいね。しかし、問題のストーカー被害が、起きた頃から、彼が、生活安全課に移ったのは、間違いのない事実だ」

「もう少し、その間の、正確な日時を知りたいんですが、中村愛が、新宿署に、ストーカー被害を、訴えてきたのは、いつ頃のことですか？」

「それなら、生活安全課で、ききたまえ」

　と、署長が、いう。

「それが、できないんですよ。何しろ、あそこの責任者は、高橋警部ですからね。何とか、彼に知られないように、調べられませんか？」

　と、十津川は、いった。

「それでは、君はまだ、高橋警部を、疑っているのか？」

「いいえ、逆です。疑いを、晴らしたいので、彼のことを、調べているのです」

十津川は、そんないい方をした。

「では、生活安全課の田中刑事を、呼んでみよう。彼に資料を持ってこさせるから、それを見れば、正確な日時が、わかるはずだ」

と、署長が、いった。

田中刑事が、生活安全課の日誌を、持ってきて、十津川に、見せてくれた。

それによると、中村愛が、初めて、ストーカー被害を、新宿警察署に来て、訴えたのは、今年の三月一日だった。

「これだと、高橋が、刑事課から、生活安全課に、移ったほうが、先ですね。彼が移ってから、中村愛へのストーカー行為が、始まっています」

と、十津川は、いった。

7

十津川が、そのことを、亀井に話すと、亀井は、首を傾げて、

「そのことに、何か、意味がありますか？」

と、十津川に、きいた。

「最近、ストーカー被害が、頻繁に起きている。その事件を扱うのは、生活安全課なんだ。だから、生活安全課の刑事なら、ストーカー被害を調べるため、あるいは、市民の身近なことを、調べたり、相談するために、街を歩き回っても、おかしくない。たとえば、空き巣が、あったマンションや、個人の住宅に、出かけて行って、話をきいても、別に怪しまれない。しかし、刑事課の刑事が、いちいち、マンションや家を訪ねて、何か、事件が、起きたことが、ありませんかなどと、きいたら、変だろう」

「それで、高橋警部は、刑事課から、生活安全課に移ったと、十津川警部は、思われるんですか?」

「そうじゃないかと思っている。高橋は、刑事事件を、やりたかった。殺人とか、強盗といった、凶悪犯罪の、捜査がしたくて、刑事課に入ったんだ。それなのに突然、今年の二月に、志願して、生活安全課に、移っている。何か、大きな理由がある筈だ。一応、彼は、刑事課にいるよりも、もっと身近に、市民と、接していたいからという理由で、生活安全課に移ったというが、今もいったように、生活安全課に、移れば、中村愛の、住んでいる、マンションに行って、いろいろと、話をきいても、おかしくない。何か、このマンションで、空き巣があったり、ストーカー被害が、あったりしたことはありませんかと、きいて回っても、誰も怪しまない」

と、十津川は、いった。

「しかし、それは、警部もいわれるように、生活安全課の、立派な仕事ですからね。そのこと自体がおかしいと、不審がるのもまた、変ですよ」

亀井が、当たり前のことを、いった。

「それで、私は、いつ高橋が、生活安全課に移ったのか、その正確な、日時が、知りたかったんだ。それに、中村愛が、ストーカー被害に遭い出した時期との、関係だよ。そうしたら、高橋が、生活安全課に、移ってから、中村愛のストーカー被害が、始まっている」

と、十津川は、いった。

「まさか、警部は、ストーカー犯人が、高橋警部だと、思っていらっしゃるんじゃないでしょうね？」

「今は考えていない。しかし、その疑いが、出てきた。そう思っている」

「しかし、そんなことをいったら、袋叩きにあいますよ。同僚の刑事を、ストーカー扱いするんですから」

亀井が、心配そうに、いった。

「もちろん、この辺の捜査は、できるだけ、慎重にやるさ」

と、十津川は、いった。が、その顔は、限りなく暗かった。

8

十津川は、亀井と一緒に、中村愛の同僚のホステスで、死体の第一発見者でもある、井上香織にもう一度会った。

香織は、不満そうに、

「まだ犯人は、見つからないんですか？　少し、のんびりし過ぎているんじゃないの？」

と、文句をいった。

「なかなか、容疑者が浮かばなくてね。それで、もう一度、君にききたいんだが、中村愛は、ストーカー被害を、訴えていた。確か、そうだったね？」

「ええ、無言電話がかかったり、変な手紙が来ていたり、別に、話しかけてくるわけじゃないんだけど、暗闇の中に、じっと、男が立っていたりするんですって。それで、彼女、怖くなって、知り合いの、高橋警部に、相談したの」

「その結果、高橋警部が、ストーカーに話をつけてくれた。それから、ストーカー行為がなくなった。そういうことだったね？」

「そうなの。それで、愛ちゃんが、感謝して、高橋さんと、つき合うようになって、関係ができたんじゃないか、私は、そう思っているんだけど」

と、香織は、いった。

「最近も、二人の関係は、うまく、行っていたのかな？」

「うまく行っていたと思うけど、それが、どうかしたの？」

「ひょっとして、中村愛は、高橋警部との関係で、君に、何か、不安を、訴えていたんじゃないか？」

「不安って？」

「つまりだね、高橋警部が、怖くなった。そんなことを、いっていなかったかね？」

と、十津川が、きいた。

「どうだったかしら……」

と、しばらく、香織は、考えていたが、

「そういえば、ちょっと変なことがあったわ」

と、いった。

「それを、できるだけ、詳しく話してくれないかな」

「彼女、すごく、喜んでいたことが、あったのよ。理由をきいたら、高橋さんから、ラブレターを、もらったって、いっていた」

「高橋警部が、彼女に、ラブレターを、書いたのか？」

「そうなの。それで、彼女、とても、喜んでいた。男には、よくモテていたけど、ラブレターをもらったことは、あまりなかったんじゃないかしら。それはそれで、いいんだけど、それから少し経って、彼女、急に、落ち込んでしまったのよ。それで、理由をきいたら、『もう男なんて信じられなくなった』と、そういうの。それで、高橋さんとのことかなと、思って、あのラブレターを、もう一度読み直したら、気が変わるんじゃないのって、いったら、彼女、怒ってね。『あんなもの、もう、燃やしてしまった』、そういっていたのよ」

「どうして、ラブレターを、もらって、一時は喜んでいたのに、燃やしたりしたんだろう？」

「それは、わからないわ。でも、おかしいの。私の知る限りじゃ、そのラブレターをもらった後、彼女が、高橋さんと、ケンカをした気配は、まったくないの。その後も、高橋さんは時々、店に遊びに来ていて、その時、彼女が嬉しそうに、応対していたんだけどね。それが、ある日突然、急に、おかしくなってしまったのよ」

「彼女が、おかしくなって、高橋警部のラブレターを、燃やしてしまった。その後も、高橋警部は、店に来ていたの？」

と、十津川が、きいた。

「その後一度、高橋さんが、来たことがあった。そして、彼女を指名したんだけど、なぜか彼女、行こうとしなかった。それで、私が、行きなさいよと、いったら、彼女、怖いっていったのよ」

「怖いって、いったんですか？」

「いったのよ」

「それ、間違いありませんか？」

と、亀井が、きいた。

「ええ、間違いなく、怖いといったわ」

と、香織が、いう。

「しかし、おかしいな。ストーカー被害に、遭って、高橋警部に、助けられて、その上、高橋警部にもらった、ラブレターに、喜んでいたんでしょう？　それなのにどうして、急に、怖いなんていったんだろう？」

「それが、私にも、わからないの」

「その時、彼女は、どんな様子だったの？　本当に、怖そうだった？」

十津川が、きいた。

「ええ、彼女って、普段なかなか、気が強いほうなんだけど、あの時は、少し、震えていたような気がするわ。だから、本当に、怖かったんだと思う」

と、香織は、いった。

「それは、いつ頃のこと？　正確な日時が、知りたいんだが」

「確か、彼女が殺される、一週間ぐらい前だったと思う。あんなに、怖がっていて、それで、その後、殺されてしまったから、私ね、変な気持ちでいるの」

と、香織が、いった。

「手紙だよ」

十津川は、小声で亀井に、いった。

「確かに、手紙が原因らしいと、思いますが、しかし、その手紙を、もらって、喜んだんでしょう？　それなのにどうして、怖いなんて、いったんでしょうか？」

亀井が、首をかしげた。

「中村愛は、ストーカーにつきまとわれていた。そのストーカーは、無言電話をかけたり、手紙を寄越したりしていたんだ。時々、暗がりに、立っていたというが、しかし、顔はわからなかったろう。高橋警部が現われて、そのストーカーは、消えた。もし、高橋が、そのストーカーだったら、彼が現われてすぐ、ストーカーが、消えた理由も、わかってくる。そして、高橋は、中村愛と、親しくなった。そして、高橋は、彼女に、ラブレターを、書いた。もちろん、彼女は、最初は喜んだ。しかし、その手紙を、何回も、読み直しているうちに、ストーカーと同じ文章だと、気が付いたんじゃないだろうか？　あるいは、筆跡が同じだと気付いたのかも知れない。そこで、彼女は、高橋が、あのストーカーじゃないか、そう疑ったんだ。当然、怖くなる。だから、高橋が、店に遊びに来た時、彼女は怖いといって、震えたんだ」

と、十津川は、いった。

「それが、動機ですか？」

亀井が、きく。

「致命的な動機だよ。中村愛が、証言すれば、高橋が、ストーカー行為を、やったことが、バレてしまう。そうなれば、当然、高橋は、警察を、クビになるだろう。口封じに、彼女を殺すには、十分過ぎる理由じゃないか？　十一月十九日の夜、高橋は、中村愛を、呼び出した。来なければ、殺すとでも、脅かしたのかも、知れない。A交番で、会おうというので、彼女のほうは、怖かったが、まさか、そこで、殺されるとは思わずに、出かけたんだ。ところが、そこにいたのは、高橋一人だった。高橋は、有無をいわせず、彼女の首を、絞めて殺し、彼女の死体を、自分の車のトランクに、押し込んだ。そして、当直が終わった後、車で、死体を、彼女のマンションまで運び、裸にして、いつも、見慣れているネグリジェに、着替えさせて、あたかも、彼女のマンションに、犯人がやってきて、彼女を殺したように見せかけて、消えたんだ。司法解剖が行われ、死亡推定時刻が、明らかになれば、その日の夜は、高橋は、金井巡査と一緒に、当直にあたっていたんだから、アリバイが、成立してしまう」

と、十津川は、いった。

そのあと、十津川は、小さく溜息（ためいき）をついた。

9

十津川は、ここまで来ても、まだ、高橋が真犯人とは、思えなかった。いや、思いたくなかった。

そこで、彼に、電話をかけ、今までに、わかったことを話し、自首するように、勧めた。

「どうして、俺を、逮捕しないんだ？」

電話の向こうで、高橋が、いった。

「逮捕してもいいが、それより、君には、自首して、もらいたいんだ。君が、中村愛を殺すには、それなりの理由が、あったはずだ。君は、彼女に近づくために、わざわざ刑事課から、生活安全課に移り、ストーカーまでして、彼女と親しくなった。そんなに、君は、彼女が好きだったのか？　そのことも、話してもらいたい」

「わかった」

と、高橋は、いった。

「明日、自首するから待ってくれ」

10

しかし、高橋は、自首してこなかった。その代わりに、消えてしまった。

二日後の朝方、その高橋から、捜査本部にいた十津川に、電話がかかった。

「余部に、一人で来てくれ」

と、高橋は、いった。

十津川は、一瞬、考えてから、

「私が、そちらに行ったら、必ず、自首してくれるんだな？」

「もちろん、そうするさ」

「余部のどこに行けばいい？」

「余部駅にして欲しい。夕方、こちらに着く電車に乗ってきて、余部駅で降りてくれ。俺は、そこで、一人で待っている」

と、高橋は、いった。その声は落ち着いていた。

十津川は、亀井にだけは、事実を伝えておいて、新幹線に乗った。

京都から、山陰本線の普通列車に乗る。

晴れていて、少しばかり、風が強かった。

十津川が、普通列車を余部駅で降りたのは、午後四時半過ぎだった。すでに、周囲は、暮れようとしていた。

駅のホームには、高橋が一人、ベンチに、腰を下ろして、海を、見つめていた。

人気（ひとけ）のない余部駅のホームは、まるで、景色を楽しむための、展望台のように見える。

十津川は、黙って、高橋の隣に腰を下ろした。

「いい景色だな」

と、十津川は、いった。

「ああ、ここからの景色は、絶景だ。若い俺にとって、ここから見る景色だけが、楽しかった。しかし、生活自体は、苦しくて、楽しいものじゃなかった」

高橋は低い声でいった。

「だから、東京に、出たんだろう?」

「ああ、そして、警察に入った」

「警察の生活は、どうだったんだ? 楽しかったか?」

「最初は、楽しかった。しかし、考えてみれば、平凡な生活だった。毎日毎日、同じことを、やっているような、気がした。いくら、犯人を逮捕しても、また事件が起きて、同じことになる」

「しかし、君は、結婚して、奥さんも子どもも、いるじゃないか?」

「ああ、上司の薦めで、見合いをして、結婚した。素直な女だが、平凡な女でね。別に、心のときめきのようなものは、なかった。そのうちに、子どもができた。たぶん、このままで行けば、平凡に、定年を迎え、平凡に、死んでいくんじゃないか? そう考えたら、余部集落での生活と、どこが、違うんだろうか、そんな想いにとらわれてね。そんな時、中村愛に、会ったんだ」

「会って、好きになったのか？」

「ああ、そうだ。生まれて初めて、心のときめく女に会った。俺の知らなかった世界の女のような気がした。しかし、彼女は、あのクラブのナンバーワンでね。俺のような、安月給の男には、見向きも、しなかった。俺は、別に、美男子でも、ないし、金もない、その上、妻子がいる。あの女が、相手にしなくても、当然なんだ」

「だが、どうしても、彼女と、仲良くなりたかった。そう思って、生活安全課に、移ったのか？」

と、十津川が、きいた。

「ああ、いろいろと考えたさ。何回もいうが、平凡で、つまらない生活から、抜け出したかったんだよ。冒険がしたかったんだ。中村愛みたいな、いい女と、男と女の関係になりたかった。ああいう女に好かれたいと思った。それが、この余部の生活と、正反対に見えたんだ。しかし、俺には、何もない。金もない。別に、女を、喜ばせるような、会話ができるわけでもない。とにかく、彼女の近くに行きたかった。そこで、俺は、生活安全課に移った。彼女が住んでいるマンションでは、時々、空き巣が、入ったり、変な男が、うろついていたりしていた。それに便乗して、俺は時々、あのマンションを訪ねて、行った。それが、生活安全課の仕事だからね。しかし、それでも、あの女は、俺に、注目しなかった」

「それで、ストーカーになったのか？」

「最初は、ストーカーという意識は、なかった。ついうっかり、彼女の部屋を、覗いたりして、悲鳴を、上げられたりした。もちろん、その時は、サングラスをしていたし、周りは、暗かったから、俺だとは、気がつかなかった。それでも、悲鳴を上げたんだ。不思議なことに、彼女が、悲鳴を上げた途端に、俺は、彼女との距離が、近づいたような気がした。それで、その後、意識してストーカー行為を働いた。彼女に無言電話をかけたり、手紙を書いたり、彼女が帰ってくる時間に合わせて、暗がりで彼女を待ったりもした」

「それで、彼女は、怖くなって、客として、時々店に来ていた君が、刑事だと知って、ストーカー被害の話をしたのか？　ストーカー被害に遭っているので、何とか助けて欲しいといって」

「その通りだ。俺は、チャンスだと思った。何とかうまくやって、彼女と親しくなりたかった。そこで、俺は、芝居を打った。ヘタな芝居だったが、彼女は、脅えていたから、その芝居を、信じたんだ。俺が、ストーカーに話をつけて、ストーカー行為を、止めさせたと、彼女は、信じたんだよ」

「それから、君は、彼女と、親しくなったんだな？」

「ああ、そうだ。そして、彼女の部屋に、正式に、呼ばれるようになった。関係もできた。あの頃が、いちばん、楽しかった。俺には、妻子がいるから、これは、浮気なんだが、浮気が、こんなに楽しいとは、思わなかったね。彼女は、店に行っても、大事にしてくれたし、プレゼントもくれた。俺は初めて本当に、楽しい時期を、送ったんだ」

「それが、彼女に、ラブレターを送ったことで、一変してしまったんだな？」

「用心はしていたんだ。俺は、ストーカーだったからね。特に、手紙には、注意していた。しかし、ある時、彼女はこういった。『自分は、昔から、よく男にモテたが、男から、気持ちのこもった、ラブレターをもらったことがない』とね。だから、俺は、つい、警戒心を忘れて、彼女に、ラブレターを書いてしまった」

「彼女は、本当に、嬉しかったと、いったらしいね」

「ああ、最初は、喜んでくれた。しかし、彼女は、気がついたんだ。以前に、ストーカーから来た手紙と、今度、俺が書いた、ラブレターが同じだと、気がついたんだよ。文章も同じだし、筆跡も同じだ。それで、この俺が、ストーカーだったことに、彼女は、気がついてしまったんだよ。その後、彼女は、俺に、こういった。『あなたは、ひどい人だ。訴えてやる』とね。もし、彼女に訴えられたら、俺はもう、おしまいだ。間違いなく、警察を、クビになる。いや、逮捕される。俺の名前と写真が、大きく新聞に載るだろう。俺はこの余部の恥だ。俺は、そのことには耐えられない」

「それで、口封じのために、彼女を殺したんだな？」

「ああ、やむを得なかった。彼女を殺すか、自殺をするか、どちらかしかないと、思ったんだ」

「十一月十九日の夜、君が、彼女を呼び出したんだな？」

「ああ、当直の夜、彼女を呼び出した。話をしたい、そういった。もし、来てくれなければ、今から、お前のマンションに行って、お前を、殺してやる。そういったんだ。そして、A交番で、待っている。そういったら、彼女は来たんだ。彼女は、怖かったろうと思う。しかし、場所が、交番だから、安心だと、思ったんだな。しかし、待っていたのは俺一人で、彼女は、逃げ出そうとした。それを、捕まえて、首を絞めた。俺は初めて、人を殺したんだ」

「そうか、初めて、人を殺したのか」

と、十津川は、呟（つぶや）いた。

日が落ちてきて、夕焼けで、空が赤くなってきた。

「それじゃあ、次の列車で、東京に行こうじゃないか」

十津川が、すすめた。

その時、高橋は、急に、ベンチから立ち上がって、鉄橋を、歩き始めた。

十津川は、あわてて、

「どうするんだ？」

と、怒鳴った。

その間にも、高橋は、どんどん鉄橋を、歩いていく。

何しろ、高さ四十一・五メートルの鉄橋である。しかも、鉄橋の幅は狭い。風も吹いている。

あの一九八六年の事故が、あってから、鉄橋の両側に、簡単な柵が作られるようになったといっても、身のすくむような、高さと、不安定さだった。

十津川は、彼を追おうとして、身体がすくんでしまった。

「戻って来てくれ！　戻ってこい！」

と、十津川が、叫んだ。

高橋が、振り向いた。

「この高さが、怖いのか？　俺を捕まえる気なら、ここまで来てみろ！」

今度は、高橋が、叫んだ。

十津川は、鉄柵に、摑まるようにしながら、鉄橋に一歩、踏み出した。

しかし、めまいがする。また、立ちすくんでしまった。

向こうで、高橋が、笑っている。

「そうか、君は、高所恐怖症か。かわいそうに」

「高所恐怖症でなくたって、この高さは、怖いよ。とにかく、こっちに、戻ってこい。逃げられやしないぞ」

「俺は、逃げる気なんかない」

「じゃあ、自首しろ」

「いや、俺は、ここに、来てやっとわかったんだ。俺の死に場所は、ここしかないとね。俺はもう、東京には、戻らない。この余部で、死ぬんだ」

と、高橋は、いった。

「つまらないことは、止めろ！」

と、十津川が、叫んだ。

また、夕闇の中で、高橋が、笑っているように見えた。

しかし、次の瞬間、鉄柵を乗り越えると、下の余部集落に向かって、高橋は、身を躍(おど)らせた。

十津川は、呆然(ぼうぜん)と、それを見守るより仕方がなかった。

11

一カ月後、十津川は、亀井を連れて、二人で、余部に出かけた。

余部駅で降りて、ベンチに、腰を下ろす。

「高橋は、こういった。『俺は、この余部の集落で生まれた。だから、ここで死ぬ』とね。あの時の声は、せっぱ詰まっているようには、きこえなかった。何か、ホッとしているように、きこえたんだ」

と、十津川は、いった。

亀井は、長く続く鉄橋に、目をやって、

「この鉄橋も、まもなく、コンクリートに、代わるんですね。そうなると、風情がなくなるんじゃありませんか？　惜しいなあ」

と、溜息をついた。

最終ひかり号の女

1

　警視庁捜査一課の十津川は、ここ二日間、続けて、東京駅に、人を見送りに行った。

一度は、大阪府警の警部で、もう一度は、大学時代の友人である。

二人とも、二一時〇〇分発、新大阪行の最終の「ひかり323号」だった。

大阪府警の小野という警部は、会議が長引き、疲れたので、新幹線の中で寝て帰りたいというので、この323号の個室を、十津川の方で、用意したのだった。

大学の友人、川合は、仕事で、よく東京に来ていたが、帰るときは、必ず、この列車の個室にしている男だった。だから、東京に着くとすぐ、「ひかり323号」の個室の切符を、買っておくのである。

この列車のあとに、二一時二四分発の「ひかり171号」があるが、こちらは、名古屋止まりなので、大阪まで行く人にとっては、やはり、「ひかり323号」が、最終になる。

十津川が、大阪府警の小野警部を送って行ったのは、四月十九日の水曜日だった。ウィークデイだが、新大阪行の最終ということもあって、空席は、ほとんどなかった。特に、グリーンの個室は、苦労して、若い西本刑事が、早くから、東京駅の窓口に並んだくらいである。

この日、十津川が、小野を送って、東京駅に着いたのは、午後八時四十分頃だったが、14番線ホームに上がってみると、二一時〇〇分発の「ひかり323号」は、すでに、14番線に入っていた。

ただ、車内を清掃中ということで、ドアは、閉まっている。

十津川は、この時刻に、新幹線ホームに来ることは、あまりなかったから、ホームにあふれている乗客の様子が、珍しかった。

午後九時の新大阪行の最終ということもあるのだろう。家族連れの姿も、若い女性の姿も、ほとんど見られず、大部分は、中年のサラリーマン風の男たちだった。今日一日、東京で仕事をして、名古屋か大阪に帰るのだろうか。一様に、疲れて、いらいらした表情をしている。

(サラリーマンも、楽じゃないな)

と、十津川は、自分も、サラリーマンの一人であることを忘れて、ホームにいる男たちに、同情した。

発車十分ほど前に、清掃が終わって、ドアが開いた。

小野の個室は、9号車の一階の8号室だった。

出入口から入り、狭い階段を下りて、すぐの部屋だった。ドアを開けて、中に入り、二人で、個室の設備などを見ていると、まだ発車前なのに、車掌が、車内改札に、やって来た。

「終着新大阪までですね」

と、確認してから、小野に、部屋の開閉に使うカードキーを渡した。

「部屋をお出になるときは、これで、ドアを閉めて下さい」

と、車掌は、いってから十津川に、

「お客様は、どこのお部屋ですか?」

「いや、私は、見送りです」

十津川は、あわてて、手を振った。まだ、時間があるので、通路に出ていると、若い女が、乗って来た。

狭い通路なので、十津川と、小野が、自分の部屋によけると、その前を、彼女は、急ぎ足で、通り抜け、隣りの7号室のドアを開けた。

かすかに、甘い香水の匂いが、残った。

「美人と隣り合わせとは、ついていますよ」

と、小野が、嬉しそうに、いった。

確かに、すらりとした、眼元のきれいな二十五、六歳の女である。

「新大阪に着くまでに、電話番号でも聞いておいて下さい」

と、十津川は、笑った。

翌日、小野から電話が掛かって来たので、十津川が、首尾をきくと、

「それが、疲れのせいで、発車するとすぐ、眠ってしまいましてね」

と、小野は、笑った。

翌日、二十日の木曜日に、十津川は、今度は、友人の川合を送って、同じ、14番線ホームに行った。

不思議に、ホームの光景は、昨日と同じに見えた。二一時〇〇分発の「ひかり323号」に乗ろうとしているのは、昨日と同じように、中年のサラリーマン風の男たち

が、大半だった。約十分前になると、同じように、清掃作業が終わり、客が、乗り始める。疲れた顔が多いから、多分発車するとすぐ、眠ってしまうのだろう。売店で、週刊誌を何冊も買って乗り込む客もいるが、眠れないままに、読む気なのか。朝、夕の列車のように、新聞を持った乗客がいないのは、売店で、もう、売り切れてしまっているのだ。

友人の川合は、疲れていても、乗り物の中では眠れない性格で、売店で、新大阪までの時間つぶしにしようと、夕刊を買おうとしたのだが、それがなくて、仕方なく、もう読んでしまった週刊誌を買い込んだ。

「眼のさめるような美人でも一緒だと、新大阪まで、あっという間なんだが、どうも、疲れた中年男ばかりのようだなあ。これじゃあ個室に入って、ドアにカギをかけとくより仕方がないよ」

と、川合は、半分冗談、半分まじめな感じで、いった。

十津川は、笑って、

「君だって、疲れた中年の一人だよ」

「だから余計に、切なくなるのさ。それにしても、本当に、男ばかりだなあ」

「昨日のこの列車には、どきっとするような美人が乗っていたよ。グリーンの個室にさ」

「本当かい？」

「ああ、君も、昨晩帰ればよかったんだよ。そうすりゃあ――」

　急に十津川が、言葉を呑み込んでしまった。

2

「どうしたんだ？　殺人犯でも見つけたのか？」

　と、川合が、下手な冗談をいった。

「これは驚いたね。彼女だよ」

　と、十津川は、眼で、追うジェスチュアを見せた。

　川合も、眼を向けて「ほう」と、小さく、声をあげた。

「確かに、美人だね」

「昨日と同じ女性だよ」

　と、十津川は、いった。服装こそ違っていたが、昨日、十九日のこの「ひかり323号」の通路で出会ったあの女なのだ。

ホームに、立ったまま、二人が、眼で追っていると、彼女は、9号車のグリーンに入って行った。それも、昨夜と同じである。そのことも、十津川には、興味があった。

「何となく、新大阪まで、楽しくなって来そうだよ」

と、川合がいう。

「昨夜も、同じことを、大阪の警部がいっていたが、個室に入ったとたんに、疲れで、眠ってしまったらしいよ。彼女が、隣りの個室にいたのにね」

「おれは、大丈夫だよ。絶対に、眠らないからな」

「まあ、適当にね」

と、十津川は、笑った。

「ひかり323号」は、川合の笑顔をのせて、発車して行った。

翌朝、十津川は、警視庁に出勤し、亀井刑事に、昨夜の話をした。

「日曜日の同じ『ひかり』なら、例のシンデレラ・エクスプレスで、若い男女の別れのシーンが見られた筈ですよ」

と、亀井は、笑いながらいった。

「なるほどね。ウィークデイだったんで、疲れた中年男ばかりが、眼についたのか」

「そんな中で、彼女が、凄い美人に見えたわけですか」

「普通でも、美人に見えたと思うがねえ。しかし、そのことより、どんな仕事をしている女性かと思ってね」

と、十津川は、いった。

「一週間に二回も、新大阪行の最終の『ひかり』に、乗ったということが、珍しかったんですか？」

「しかも、どちらも、グリーン車だった。十九日は個室だったが、昨日も、個室だったかも知れない。それも、珍しいし、あの列車に乗ったんだから、少なくとも、名古屋以西に行った筈だよ。名古屋、京都、新大阪のどこかで降りたことは、間違いないんだ。十九日の夜に、行ったんだから、二十日の夜までに、東京に戻っていなきゃいけない。そんな仕事というのは、どんな人だろうと、思ってね」

「キャリア・ウーマンみたいに見える人ですか？」

「それが、正体のつかめない女なんだよ」

と、十津川は、いった。

その日、小さな事件はあったが、十津川たちが、出動することもなく、終わってしまった。

午後五時には、退庁したのだが、十津川は、亀井に、

「久しぶりに、一緒に夕食をどうだい？」

と、誘った。

亀井は、笑って、

「やっぱり、気になりますか？」

「何のことだい？」

「夕食のあと、東京駅に行かれるんでしょう？　今夜も、例の『ひかり』に、彼女が乗るかどうかを確かめたくて」

「カメさんには、全て、お見通しか」

「長年のコンビですからね」

「じゃあ、カメさんも、今夜は、一緒に行ってくれないか。どうも、気になって、仕方がないんだ」

と、十津川は、正直に、いった。

二人は、新宿で夕食をとり、時間をはかって、東京駅に向かった。

十津川は、三日続けてウィークデイの夜の新幹線ホームに、行ったことになる。

昨夜も、そうだったが、同じ光景の繰り返しに見えた。

「相変わらず、中年男が、多いねえ」

と、ホームに立った十津川が、呟いた。14番線に入っている「ひかり323号」は、車内の清掃をしている。

売店の周囲に、乗客たちが集まっていた。新大阪までの三時間を、うまくつぶすために、週刊誌を買ったり、煙草を求めたりしているのだろう。

十津川と亀井は、9号車の二階建車両の前まで、歩いて行った。

車内清掃が終わり、ドアが開いて、乗客が、次々に、乗り込んで行く。見ていると、一階に並ぶ個室に、次々に、灯がついていくのは、乗客が、入ったのだろう。

だが、例の女は、なかなか現われなかった。

発車の時刻が、迫ってくるのだが、彼女の姿が見えない。

（二日間だけだったのかな？）

と、十津川が、思ったとき、小走りに走ってくる足音が聞こえ、十津川の横を、女が、すり抜けて、9号車の入口に、飛び込んで行った。

入口のところで、止まり、小さく咳込んでいる。その横顔が、あの女だった。

「やっぱり、現われたよ」

と、十津川は、小声で、亀井に、いった。

走って来たためか、髪が乱れて、ちょっと、凄艶な感じだった。

「なるほど、美人ですね」

亀井も、小声で、いった。

彼女の姿が、通路に消えてすぐ、一階の個室の中、暗かった部屋が、急に、明るくなった。

(彼女が入ったのだろうか?)

と、思い、十津川が、のぞき込むようにしたとき、列車は、発車してしまった。だから、確認のしようもなかったが、十津川は、直感で、灯のついた個室に、あの女が、入ったに違いないと、思った。

「三日続きましたね」

亀井が、人の気配の少なくなったホームで、十津川に、いった。

「そうだね。だから、別に、どうだということもないんだが、何となく、気になってね」

「いいことですよ。好奇心が強いのは、若い証拠です」

と、亀井は、微笑して、いった。

翌朝早くだった。

亀井から、電話があった。朝食を始めようとしている時である。

「こんな時間に、失礼ですが、テレビをつけていたら、気になるニュースがあったものですから」

　と、亀井が、いう。

「どんなニュースだね？」

　十津川が、きいた。

「昨夜、われわれが見送った『ひかり323号』ですが、あの車内で、乗客が殺されたと、ニュースで、いっていました」

「本当か？」

「それも、グリーンの個室でです。四十歳の男だそうですが、短いニュースだったので、くわしいことは、わかりません」

　と、亀井は、いった。

　十津川は、反射的に、あの女の顔を思い浮かべた。もちろん、彼女がその殺人に関係があるかどうかわからないのだが。

「東京の人間かね？」

「東京の世田谷（せたがや）の男といっていたように思いますが」

「東京の人間なら、捜査に協力要請してくるね」

と、十津川は、いった。

警視庁に出てすぐ、予想したとおり、大阪府警から、協力要請の電話が入った。

昨夜の「ひかり323号」のグリーン個室で、殺されたのは、東京都世田谷区奥沢に住む小野田進四十歳で、どうも、毒を塗ったキリのようなもので、背後から刺されているというのである。

運転免許証を持っていたので、身元が、すぐ割れたという。

府警本部の佐伯という警部は、それに続いて、

「財布の中に名刺が入っていて、それによると、目黒で、外国の高級車の輸入、販売をやっているようです。社名は、『サン・小野田』です」

「そこのオーナーですか？」

「そのようですね。財布の中には、二十六万円の現金や、CDカード、などが入っていて、盗られていません」

「つまり、物盗りではなく、怨恨の線が、濃厚ということですか？」

「今のところ、そう見ています。個室内の指紋のことや、遺体の解剖結果については、わかり次第、お知らせします」

と、佐伯は、いった。

3

亀井と、西本の二人の刑事が、小野田進という男について、調べに出かけた。

残った十津川は、テレビをつけ、午前十時のニュースを見てみた。

いきなり、正面に、「ひかり」の写真が出て、アナウンサーが、事件を伝えた。

府警の佐伯警部がいわなかったことも、いくつか、わかった。

殺された小野田がいたのは、個室8号で、端から二番目の部屋である。

小野田は、東京から、終着新大阪までの切符を持っていた。

名古屋までの途中で、一人一人に、おしぼりを配るが、その時、被害者は、まだ生きていて、ドアを開け、おしぼりを、受け取っている。

名古屋―京都の間で、そのおしぼりを回収したが、その時、ウエイターが、いくら、ノックしても、応答がなかった。ウエイターは、お客が寝ていると思って、個8のおしぼりは、回収しなかった。

終着の新大阪に着き、乗客が、一斉に降りているのに、個8だけがドアが閉まったままなので、車掌が、開けたところ、刺されて、死んでいるのが、見つかったという。

車掌長が、マイクを突きつけられて、喋っているのが、映った。

昼すぎに、亀井と、西本が、戻って来た。

「まず、目黒の会社の方ですが、かなりのものですね。主として、ドイツと、アメリカの車を輸入しているようで、ベンツ、ポルシェ、それに、フォードなどが、ショーウインドウに、ずらりと、並べてありましたよ」

「そこの社長が昨夜、何しに、新大阪へ出かけたのかね?」

「大阪に、支店があるそうで、一月に、何回か行っていたようです」

「しかし、二一時の列車だと、向こうに着くのは、十二時近いよ。なぜ、翌朝早く行かなかったんだろう?」

「副社長に、それを聞いてみたんですが、当惑していましたね。まあ、向こうで、女と遊ぶ気で夜おそく、出掛けたんじゃないですかね。そんな風なニュアンスのことを、副社長はいいましたよ」

「自宅の方は、どうなっているね?」

「目蒲線の奥沢の近くで、豪邸です。三十五歳の奥さんと十歳の娘がいて、奥さんは、今朝一番の新幹線で、大阪へ行ったそうです」

「お手伝いさんなんかは?」

「六十歳のお手伝いと、運転手の男がいます」

「殺された小野田のことを、何といっているんだ？」

「気さくないい社長だといっていますが、近所の人の話では、女にだらしなくて、時々、夫婦ゲンカをしていたそうです」

「会社での評判は、悪くて、やり手の社長だが、やはり、女性にはだらしがなかったと、いっていますね。それを、だから、話せる社長だったと、いう社員もいるようですが」

「やり手というと、会社は、うまくいっていたんだね？」

「最近、外車がよく売れていて、うまくいっていたようです」

「小野田の資産は、どの程度なんだ？」

「目黒の本社が、ＪＲの駅近くに、五百坪の土地ですから、それだけでも、大変なものですよ。自宅、大阪の支店などを合わせると、どう安く見ても、何百億の資産でしょう」

　と、亀井は、いった。

「これが、小野田進の写真です」

　と、西本が、三枚の写真を、見せた。

（何となく友人の川合に似ているな）

と、十津川は、思いながら、写真を見ていた。

十津川は、こちらでわかったことを、大阪府警の佐伯警部に電話で、知らせた。

「そんな金持ちですか」

と、佐伯は、感心したように、いってから、

「解剖の結果、やはり、刺したものに、青酸が、塗ってあったことが、わかりました。死亡推定時刻は、昨夜の午後十一時から、十二時の間です」

「十一時というと、京都の手前ですね？」

「そうです。京都発が、二三時三三分ですから、犯人は、京都で降りたことも、考えられます」

「車掌が、何か見ていないんですか？」

「聞いてみましたが、犯人らしい人間は、見ていませんね。9号車の一階には、一人用個室が五、二人用三、そして、三人用が一つありますが、昨夜は、全部、ふさがっていたようです。この中、二人が、京都までで、あとは、全員、終点の新大阪までの乗客です」

と、佐伯は、いってから、

「それと、一つ面白いことが、わかったんですが、被害者の個８で、かすかに、香水のかおりがしましたよ。私だけでなく、他の刑事も、同じことを、いっています」

「被害者がつけていたということは、ないんですね？　最近は、男でも、香水を使いますから」

「いや、被害者は、使っていません」

「何という香水かは、わからないんですか？」

と、十津川は、例の女のことを思い出しながらきいた。

「そこまでは、わかりません。それで、今、そちらから、被害者が、女にだらしなくて、支店の用事でというが、大阪で、女に会うつもりだったらしいと聞きましてね。新幹線の中で、女に会っていたのかも知れないと、思いましたよ」

「香水の主とですね？」

十津川が、きくと、佐伯は、急に、弾んだ声になって、

「そうなんですよ。車掌の話ですと、個室の客の中に、一人、二十五、六歳の美人がいたというんです。新大阪までの切符を持っていたとも、いっています。どうも、この女が、怪しいと、思っているんですよ」

「車掌は、彼女の挙動が、怪しかったと、いっているんですか？」

「いや、それはなかったといっていますが、車掌は、車内改札のとき、一度しか、会っていませんからね。私が、怪しいと思うのは、ウエイターが、おしぼりを持って行ったとき、ノックをしても、返事がなかったというんです」

「しかし、それは、名古屋の前でしょう？」

「そうですがね――」

佐伯は、すっかり、彼女が怪しいと、決め込んだいい方をした。

「その女の名前は、わかるんですか？」

と、十津川は、きいてみた。

「残念ながら、わかりません。車掌も、はっきりとは、顔を覚えていないんで、モンタージュを作るのも、難しいんです。彼女が、犯人の可能性が、高いと、思っているんですがねえ」

佐伯は、口惜しそうに、いった。

4

その電話が、すんだ直後に、今度は、大阪の川合から、電話が入った。

「例の『ひかり』で乗客が殺されたって知って、びっくりしてね」

と、川合は、興奮した口調で、いった。

「私もだよ。大阪府警に協力して、今、この事件を調べているんだ」

「その件なんだがね。気になることが、一つあるんだよ」

と、川合は、今度は、変に声をひそめて、いった。

「何だい？」

「あの女のことを、覚えているか？　すごい美人がいたじゃないか」

「覚えているよ。彼女が、どうかしたのか？」

「おれの隣りの個室に、乗ってたんだよ。彼女がさ。おれも、助平心があるから、何とか、新大阪に着くまでの間に、話しかけて、電話番号ぐらい教えて貰おうと思ったんだ。若い時なら、強引に行けるんだが、今は、そうはいかなくて、いらいらしてたら、驚いたことに、向こうから、仕かけて来たんだよ。おれも、捨てたもんじゃないと自信を持ったねえ」

「お前にか？」

「疑うようなことをいうなよ」

と、川合は、笑ってから、

「彼女の部屋を、通路に出て、見てたんだ。出て来たら何か、話しかけようと思ってね。そしたら、出て来たよ。おれの顔を見て、はっとしたような表情になってさ。食堂車は、何号車ですかって、きくんだよ。ああ、これは、おれに近づきたいんだなと、思ったよ」

「なぜ、そんなに自惚(うぬぼ)れたんだ？」

「その直前に、車内アナウンスで、食堂車は8号車といっているんだよ。だから、おれに近づきたくて、聞いたのさ」

「それで、もちろん、一緒に、食堂車へ行ったんだろう？」

「もちろん、行ったさ。やたらに、食事をしながら、おれのことを、彼女は、聞いたよ。名前とか、今、何をしているんだとかね」

「それも、おれに、気がある証拠と、思ったんだろう？」

と、十津川は、きいた。

「ああ、そう思った。おれも、彼女のことを聞いたよ。名前と、電話番号と共にね」

「教えてくれたのか？」

「ああ、教えてくれたんだが、あとで、電話してみれば、でたらめでね」

「適当に、からかわれたんだよ。プレイボーイも、年齢(とし)だねえ」

と、十津川が、笑うと、川合は、

「おれも、そう思ってたんだがね。今日、殺された男の顔写真を見て、おやッと思ったんだよ。おれによく似てるんだ」

と、いった。

「君も、そう思ったか」

「ああ、家内も、よく似てるというんだ。会社の連中なんか、間違えて殺されなくて良かったといいやがったよ。それで、妙な気分になって、君に、電話したんだよ」

「彼女は、食堂車で、食事をした時、いろいろと、君のことを、聞いたんだな？」

と、十津川は、念を押した。

「ああ」

「その時の彼女の様子は、どうだった？　真剣に、聞いていたかね？　それとも、お義理で、聞いているようだったかね？」

「自惚れかも知れないが、まじめに、おれのことを、知りたがっていると思ったんだがねえ」

「それで、彼女は、自分の名前を、何といったんだ？」

「ニセの名前を教えたんだ。おれに」

「それでも、知りたいんだ。何といったんだ？」

「ちょっと待ってくれ。おれは、彼女が、嘘をついてるとは思わずに、手帳に書きつけたんだ。甘いもんだよ。ええと、彼女は、小堀由紀といったんだ。もっともらしいじゃないか。これが、山田花子とでもいったのなら、すぐ、冗談だと、わかったんだがね」

「その他、彼女は、自分のことを、何か話したかね？」

と、十津川は、きいた。

「いろいろとね。だが、全部、それこそ、おはなしだよ」

「いいから、話してくれ」

「両親は、大阪に住んでいて、大きな旅館をやっている。自分は、東京で、デザインの仕事をしていて、たまに、両親のところに、帰る。ボーイフレンドは、何人もいるが、しばらくは、独身を楽しみたい。デザインの勉強に、アメリカに、二年ほど行っていた。ニューヨークにね。まあ、そんなことを話してくれたが、全部、でたらめだな」

「ひょっとすると君は、本当に、命拾いしたのかも知れないぞ」

と、十津川は、いった。

「本当かい？」

「彼女のことを、何か思い出したら、また、電話してくれ」

と、十津川は、いった。

5

十津川は、川合の話を、亀井に伝えて、感想を聞いた。

亀井は、じっと、聞いていたが、

「警部は、あの女が、犯人ではないかと、思われたんですか？」

と、逆に、きいた。

「殺された男の顔が、友人の川合に似ているんで、何となく、気になっていたんだよ。

そして、川合の話だからね。カメさんは、彼女の顔を、覚えているかね？」

「はい。あれだけの美人だから、覚えていますよ」

「それじゃあ、二人で、彼女のモンタージュを作ろうじゃないか」

と、十津川は、いった。

二人で、意見を出し合い、絵の上手い刑事に、描いて貰った。

それを、何枚か、コピーし、その一枚をファックスで、大阪の川合に、送った。

「君は、食堂車で、ずっと、彼女の顔を見てたんだから、気づいたところがあれば、訂正して、送り返してくれ」

と、十津川は、あとから電話でいった。

「彼女が、犯人なのかい？」

川合が、きく。

「まだ、わからないが、彼女は、事件の日も、新大阪行の最終のひかりに、乗ってるんだ。それに、君と、被害者が、よく似ていることもあるんでね」

と、十津川は、いった。

川合は、すぐ、ファックスで、モンタージュを、送り返してきた。

さすがに、プレイボーイを自任するだけあって、観察も鋭く、小さな訂正が、いくつもしてあった。

亀井が、感心して、

「よく、小さなホクロまで覚えていますねえ」

「それが、こいつの取り柄(とりえ)でね」

「このモンタージュを、どうしますか？　まさか、これで、指名手配するわけにもいかんでしょう？　証拠は、ありませんから」

　と、亀井が、きいた。

「彼女は、川合に向かって、自分の名前は、小堀由紀で、デザイナーだと、いったそうだよ。ニューヨークに、二年間いたことがあるともね」

「犯人なら、本当のことをいう筈がありませんが」

「川合も、教えられた電話番号にかけたら、でたらめだったそうだ」

「それなら、余計、信用おけませんよ」

　と、亀井が、いった。

「そうなんだがねえ。でたらめにしては、ずいぶん、難しい名前にしたものだと、思うんだよ」

「そういえば、そうですね。友人の名前を使ったのかも知れませんし、いつも、その偽名を使っているということも、考えられます」

　と、亀井も、急に、眼を光らせた。

「もし、彼女が犯人だとしたら、どんなことが、考えられるかね？」

　十津川は、亀井の意見をきいた。

「そうですねえ」

と、亀井は、考えている。亀井は、とっぴな考えはしない代わりに、いつも、まともな考えを口にする。たいていの犯人は、常識の線を出ないのだ。

「彼女は、自分が殺すべき相手に対して、わずかしか、知識を持っていないことを、示していると思いますね。相手は、四十代の男で、だいたいの顔立ちと、ここ一週間の間に、二一時〇〇分東京発の『ひかり323号』のグリーンの個室に乗って、新大阪に向かう。多分、これだけの知識じゃありませんか？」

「だから、三日間、続けて、二一時〇〇分発の、あの列車の個室を、とっていたということか」

「三日間じゃないかも知れません。もっと前から、毎日だったことだって考えられます」

「そして、顔のよく似た私の友人を、最初、間違えて、近づいたが、違っていたので、翌日も、また、同じ列車の個室に乗った」

「そして、やっと、殺す相手、小野田進に、めぐり合ったというわけです」

「不謹慎かも知れないが、忍耐強く、相手を探し廻る仇討ちを思い出すねえ。江戸時代のだよ。どこかの長屋に住んでいる浪人が怪しいというので、その長屋に住み込んで、じっと、観察してから、仇を討つというやつだよ。長屋と新幹線じゃあ、ずいぶん違うがね」

と、十津川は、苦笑した。

「これが仇討ちなら、小野田進という男を、調べていけば、自然に、犯人が、浮かび上がってくるね」

十津川は、楽観して、いった。

川合というのは、いいかげんな男だが、こんな時には、役に立つと、思った。とにかく、女には、まめな男である。

十津川は、西本刑事たちに、小野田進の周辺を、徹底的に、洗わせた。

最近か、遠い昔かはわからないが、この男の過去が、殺人につながっているのだろう。

西本たちが調べてきたことで、少しずつ、小野田進という男の輪郭（りんかく）が、わかってきた。

「小野田は、最初、中堅商社のT商事に勤めていました」

と、西本は、報告した。

「サラリーマンだったのか」

「そうです。ただ、地方大学出身なのと、社内にコネがなくて、出世コースには、のれませんでした。それで、三十歳の時、脱サラして、自分で、高級外車の輸入業を始めたわけです。最初は、うまくいかず、三千万ほどの借金を作ったようですが、折からの、高級志向にのって、成功し、現在のように、大きな店を構えるまでになったということです」

「立志伝中の人物というわけかね？」

「そうですね。まだ、銀行に借金もあるようですが、興信所の信用調査でも、Aランクになっています」

「仕事の上でのトラブルは、あったんじゃないのかね？」

と、十津川が、きいた。

「あったようですが、小野田は、つき合いがいい方なので、最近は、ほとんど、トラブルは、なかったようです」

と、西本は、いった。

次に、日下刑事が、小野田の女性関係について報告した。

日下は、笑いながら、

「この男の女性関係は、華やかですよ」

「結婚してるんだろう？」

「しかし、金はあるし、特別仕様のベンツを乗り廻していますからね。やたらに、もてたようです」

「華麗なる女性関係というわけかね」

と、十津川も、苦笑した。バカバカしくもあるし、羨ましくもある。

「そうです。ああ、それから、これは、銀座のクラブのママが、小野田について、面白いことを、いっていました」

「どんなことだね？」

「あの人は、女性に対して、優しすぎるのが、欠点だと、いっていました」

「どういう意味かな。相手に誤解を与えるということかね？」

「私も、そういってみたんですが、彼女は、少し違うと、いっていましたね」

「とにかく、女性関係は、派手だったというわけだろう？」

「そうです」

「それが、今度の事件の引金かな？」

と、十津川は、呟いた。

あの女――名前がわからないので、十津川たちは、仮に「最終のひかりの女」と、呼んでいるのだが――も、小野田が好きになり、関係が出来たが、うまくいかないので、殺したのだろうか？

（これは、違うな）

と、すぐ、思った。

川合と、小野田は、よく似ているといっても、一度でも関係した女が、間違える筈がないと思うからである。

「カメさんは、どう思う？」

と、十津川は、きいた。

亀井は、例によって慎重に考えてから、

「いくつかの考え方がありますね。普通に考えれば、最終のひかりの女の姉か妹が、小野田との愛に破れて、自殺でもした。その仇を討ったということでしょうか。妹なり、姉なりは、彼女に男の名前をいわず、よく二一時〇〇分東京発の『ひかり』の個室に乗る人だといったことだけを、話していたのかも知れません。彼女は、また、一度しか、男の顔を見ていないとすれば、今度のようなことが、起こり得るんじゃありませんか？」

「他にも、考え方があるかね？」

「これは、まるっきり、劇画の世界ですが、あの女が、殺し屋で、誰かから、小野田を殺すように、指示されていたのかも知れません。顔立ちの説明と、二一時〇〇分の『ひかり323号』の個室によく乗るという説明だけ聞いて、実行に取りかかった――」

「女の殺し屋ねえ」

と、十津川が、呟くと、亀井は、照れて、頭をかきながら、

「それは、あくまでも、お話です。まだ、日本では、女の殺し屋なんか存在しないと思っていますよ」

「すると、彼女の姉か妹が、小野田との関係で、死亡した、その仇を討ったということになるね」

「痴情関係なら、そうでしょうね。仕事上のことなら、小野田に、彼女の恋人か、両親が、痛い目にあったことも考えられます。小野田も、今の成功をかちとるためには、強引なことも、やっているでしょうから、その過程で、傷つけた人間が、彼女の両親とか、恋人だったということです」

「他には？」

「交通事故も、考えられます。小野田の車が、事故を起こし、相手を傷つけるか、死なせてしまったというケースです」

「その場合は、事故は、まだ、犯人が、見つかっていないということだろうね。小野田が、事故の犯人とわかっていれば、何も、二一時〇〇分の列車の個室で狙うことはない。いつでも狙えた筈だし、私の友人と間違えることもなかった筈だからね」

「最近の交通事故で、未解決のものを、洗ってみましょう」

と、亀井は、いった。

「それと、小野田の周囲の人間に、彼女のモンタージュを見せて、最近、この女が、彼のことを聞きに来なかったかどうかも、やってみる必要があるね」

と、十津川は、いった。

その他、十津川は、若い清水刑事に、二一時〇〇分発の「ひかり323号」を、もう一度、見に行かせた。

ひょっとすると、また、彼女が、乗っているかも知れないと、思ったからである。

6

清水刑事は、この日の夜、東京駅に、二一時〇〇分発の「ひかり323号」を、見に行ったが、モンタージュの女は、見つからなかったといって、戻って来た。

「発車直前まで、グリーン車を見張っていましたが、問題の女は、乗って来ませんでした。ひょっとして、他の車両から、移ってくるかも知れないと思い、そちらも見ていましたが、彼女は、いなかったようです」

「ご苦労さん」

と、十津川は、いった。

どうやら、彼女は、小野田進を殺したことで、満足して、もう、二一時〇〇分の「ひかり323号」には、乗らなくなったらしい。

もし、今夜も、乗っているようだったら、清水刑事に、連れて来るように、いっておいたのだが。

他の刑事たちは、彼女のモンタージュを持って、小野田の周囲の人間に、聞き込みを行っていた。

どの刑事も、夜おそく、疲れ切って、帰って来た。

「うまくありませんね。美人ですねといって、一様に、興味を持って、モンタージュを見てはくれるんですが、結局、見たことがないというんです」

と、西本が、いった。

「名前は、どうだ？　彼女が使っていた小堀由紀という名前には、反応はなかったかね？」

「駄目でした。たまたま、小野田の友人の一人に、小堀という姓の男がいましたが、モンタージュの女は、知らないといいますし、彼には妹がいるんですが、由紀という名前では、ありません」

と、西本は、いう。

他の刑事たちの証言も同じだった。小野田が脱サラする前に勤めていた商事会社へ行き、当時の同僚と上司に会って、話を聞いたのだが、モンタージュの女に見覚えはないし、小堀由紀という名前の女も、見つからなかった。

この一年間に、東京都内や、その周辺で起きた交通事故も、十津川は、調べてみた。一日三件ぐらいの割合で、死亡事故が起きている。だが、その中、未解決のものを、抜き出してみた。

去年一年間と、今年のものである。

全部で、五件あった。その被害者も、書き出した。

子供が三人に、老人が二人である。

モンタージュの女が、この五人の被害者の家族というケースも考えられる。

再び、西本たちが、五人の家族たちを、調べに、かかった。

三歳の女の子を轢殺された若い母親は、犯人がわかったら、殺してやりたいと、いった。が、モンタージュの女ではなかった。

五件の中には、犯人が、はねたあと、近くの山中に、死体を投げ捨てたという悪質なものもあった。当然、家族は、犯人に対して、激しい憎しみを感じていた。だが、この家族の中にも、モンタージュの女は、いなかった。

モンタージュの女は、どこかへ、消えてしまったのだ。

十津川は、十九日、二十日の「ひかり323号」の車掌に会ってみることにした。

事件のあった二十一日の車掌には、すでに、大阪府警の佐伯警部が会って話を聞いている。

十九日の列車で、グリーン車の車内改札を受け持っていたのは、井上という車掌である。

十津川は、東京駅で、この車掌と、会った。

「確かに、この女性は、覚えていますよ。あの日、個室のお客の中で、女は、この人一人だったし、美人でしたからね」

と、井上は、微笑した。

「どこまでの切符でした？」

「終着の新大阪までです」

「どんな様子でした？」

「そうですねえ。一度しか、車内改札に行かないので、よくわかりませんが。そうだ、食堂車で、男の人と、食事しているのを、見かけましたよ。丁度(ちょうど)、８号車を通りかかったときです」

「相手は、どんな男でした？」

「四十歳くらいですかね。同じ個室の乗客でした。車内改札をしたんで、覚えているんです」

と、井上は、いった。

二十日の三沢(みさわ)車掌も、同じことを、いった。もっとも、この日、彼女と食事をしたのは、十津川の友人の川合なのだが。

ただ、この三沢車掌が、面白いことを、十津川に、いった。

「実は、噂(うわさ)が立ってたんですよ。東京二一時〇〇分の『ひかり３２３号』に、若い美人が、乗ってくるってね。それも、グリーンの個室にです。車掌の間の噂でしたが」

「いつ頃から、その噂はあったんですか？」

と、十津川は、きいた。

「いつ頃からでしたかねえ。多分、今月の十日頃からだったと、思いますよ」

と、三沢は、いった。

「何か、彼女のことで思い出したこととか、噂を聞いたら、すぐ、電話して下さい」

と、十津川は、いい、警視庁捜査一課の電話番号を教えておいた。

翌日の午前中に大阪府警から、この事件を担当している佐伯警部が上京して来た。

「向こうにいても、事件解決の手掛かりが、全く得られません。事件の根は、東京にあるんじゃないかと、思いましてね」

と、佐伯はいった。

「その点は、同感です。それに今日の午後二時から殺された小野田進の告別式が、あります」

「そのこともあって、上京したんですよ」

と、佐伯はいった。

佐伯と十津川、それに、亀井の三人で、目黒の源正寺で行われた小野田進の告別式に、出向いた。

或(ある)いは、犯人と思われるモンタージュの女が顔を見せるかも知れない期待もあった。

テレビカメラが、来ていたのは、新幹線の個室で、青酸を塗ったキリで刺されたという、ちょっと変わった事件のせいだろう。

小野田の交際の広さを示すように、参列者は多かった。

十津川たちも、焼香したあと、隅の方で、参列者を見つめていた。

三人とも、モンタージュの女を探したのだが、とうとう彼女は、現われなかった。殺してしまったから、もう、関心はないということなのか？

三人が、帰ろうとしているところへ、「サン・小野田」の副社長が、駆け寄って来て、

「ちょっと、警察の方のお耳に入れておきたいことがありまして」

と、いう。

「何ですか？」

と、十津川が、きいた。

「昨日の午後、若い女の声で、電話があったんです。私が、出ましたら、亡くなった小野田社長のことで、お聞きしたいことがあるといいましてね。社長さんは、確か、二年間、アメリカのハーバードで、勉強されましたねと、きくんですよ。社長は、日本の、それも、地方の大学出身です。違うといったら、本当に、違うんですかと、念を押して来ました」

「それで？」

「社長の出た大学の名前を教えました。そしたら、急に電話を切ってしまいましてね。気になるんで、お知らせしたんですが」

「ありがとう。役に立ちます」

と、十津川は、礼を、いった。

「どういうことですかね？」

帰りの車の中で、佐伯が、十津川に、きいた。

「今のところ、はっきりしませんが、もし、電話して来たのが、犯人だとしたら、彼女は、小野田進が、アメリカのハーバードに、留学していたことがあると、信じていたんじゃないですか」

「小野田はそういって、女を欺(だま)していたのかも知れませんよ」

と、亀井が、いった。

「ハーバードねえ」

と、呟いてから、十津川も、

「調べてみよう」

と、いった。

亀井が、小野田とつき合ったことのある女たちに、聞いて廻ることになった。

だが、帰って来た亀井は、小さく首を振って、

「どうもわかりません。小野田と関係のあった五人の女に会って来たんですが、彼が、ハーバードを出たなんて、一度も聞いたことがないと、いっているんです。どこの大学を出たと、自慢したこともなかったそうです。まあ、大学なんか、どこでも、あれだけの金があり、特別仕様のベンツに乗っていれば、女にもてるでしょうが」

と、いった。

「すると、どういうことになるのかね？」

「副社長に電話して来た女は、事件には、全く関係がなかったのか、或いは、同姓同名の小野田進という人がいて、その人は、ハーバードを出ていたのかも知れません」

と、亀井が、いう。

佐伯警部も、亀井と同じ意見だった。犯人とは、別人だろうというのである。

だが、十津川は、簡単に、賛成できなかった。

佐伯は、東京に三日いて、これといった収穫のないままに大阪へ帰ることになったが、その日の午後五時頃、新幹線の三沢車掌から、電話が入った。

「何かあったら、電話しろということでしたので」

と、三沢はいってから、

「昨夜の二一時〇〇分の『ひかり323号』なんですが、例の女性が、乗っていたというんです」

「本当ですか？」

十津川の声が、思わず、大きくなった。

「乗車した車掌が、いっていました。もっとも、彼女は、名古屋で降りてしまったそうですが」

と、三沢車掌は、いう。

「グリーンの個室ですか？」

「そうです」

「念を押しますが、モンタージュの女だったんでしょうね？」

「ええ、あの絵を見せて、確認しました」

「ありがとう」

礼をいい、電話を切ってから、十津川は、亀井と、佐伯を見た。

「どういうことだと思います？」

と、十津川は、佐伯にきいた。

「わかりませんが、とにかく、今日は、同じ列車で、大阪へ帰ることにしますよ」

佐伯は、興奮した口調で、いった。

7

その夜、十津川たちは、八時四十分に、新幹線の14番線ホームに、あがって行った。

三人とも緊張していた。

犯人とは、まだ、断定できないが、重要容疑者であることに、変わりはない。その女と、会えるかも知れないからである。

今日は、火曜日で、例によって、ホームには、中年のサラリーマン風の男たちが多かった。女性の姿も、ちらほら見えるのだが、その中に、彼女は、いなかった。

車内清掃が終わって、ドアが開き、ホームにいた人たちが、列車に、吸い込まれていく。

ホームの電話の前には、前もって、帰宅を連絡しておくのか、男たちが小さな列を作っていた。

「いませんね」

と、佐伯が、ホームを見廻して、残念そうにいった。

発車の時刻が近づいて来て、佐伯は、乗り込んだ。

「あれ！」

と、亀井が、十津川の耳元で、いった。

階段をのぼって、彼女が、顔を出したのである。

ゆっくりと、見守っていれば、よかったのだが、自然と、十津川と亀井が、彼女に向かって、動き出していた。

他の男たちが列車に乗ろうとしているのに、それと、反対の動きをしたので彼女は、敏感に、おかしいと感じたのか、階段を駆けおりていく。

十津川と、亀井が、そのあとを、追った。

彼女の着ている花柄のワンピースが、連絡改札口に、消えて行く。

十津川たちも階段を駆けおり、連絡改札口に、向かって、走った。

地下通路は混んでいた。たちまち、彼女の姿を見失ってしまった。

地下通路から、中央線、京浜東北線、山手線、湘南電車などのホームに、あがれるようになっているのだが、彼女が、どのホームへあがったのか、わからない。

「カメさんは、そこをあがってくれ！」

と、十津川は亀井に湘南電車のホームを指さし、自分は、その隣りの京浜東北と山手線のホームに、駆けあがった。

最後の段をあがったとき、5番線から、山手線の外回りの電車が、発車して行った。品川方面行である。

十津川は、必死になって、眼の前を通過して行く電車の一両、一両を見つめた。が、あの女が、乗っているかどうか、わからなかった。

隣りのホームにあがった亀井も、こちらを見て、肩をすくめている。

（帰ろう）

というように、十津川は、階段の方を指さした。

二人は、東京駅の丸の内側に出た。

「少し歩かないか」

と、十津川がいい、二人は、皇居のお濠に向かって、歩き出した。

昼間は、周辺の会社、官庁の職員や、ＯＬで賑やかなこの辺りだが、午後九時を過ぎた今は、ビルの明かりも、あらかた消されて、ひっそりと、静かである。

「カメさんは、彼女が、なぜまた、現われたと思うね？」

歩きながら十津川が、きいた。

「いくつか、考えられますね。彼女が、もともと、二一時〇〇分の『ひかり323号』に乗るような生活なり、仕事なりをしていたということも考えられます」

「それから？」

「彼女は、二十一日の『ひかり323号』の個室で、小野田進を、殺したと思われます。しかし、人違いだった。だから、彼女は、また、同じ二一時〇〇分発の列車に乗り、本当に殺すべき相手を探している」

「他にも、あるかね？」

「彼女には、殺したい相手が、二人以上いたということも考えられます。その一人が、小野田進で、二十一日の『ひかり323号』で、殺せたが、まだ、残っている。それで、再び、あの列車に、乗るようになった」

「殺したい相手が、何人いてもいいが、二人目も、同じ『ひかり323号』に乗っているというのは、ちょっと、偶然すぎるよ」

と、十津川は、いった。

「すると仕事と、人違いのどちらかになりますね」

亀井が、歩きながら、応じる。

「そうなんだが――」

十津川は、ちょっと、黙って、歩いた。

二人は、いつの間にか、ビル街を抜け、濠端に来ていた。

今度は、濠に沿って、日比谷方向に、歩き出した。

「毎日、二一時の『ひかり323号』に乗って、新大阪に行くか、帰るかする女の仕事というのは、いったい、何だろうね？」

と、十津川は、自問する調子で、いった。

「あの列車が、新大阪に着くのは、二三時四九分です。新幹線は、もうありませんから、東京に戻るのは、翌日になります。これが、仕事なら、重労働ですよ」

と、亀井は、いった。

「仕事とは、考えにくいということか？」

「そうです。二一時発の新幹線に乗ること自体が、仕事とは、考えにくいですし、東京に住んでいて、新大阪に仕事場がある。その逆でも同じですが、それなら、どちらかに、住居を移すと思います。たとえ、新幹線での往復が平気でも、交通費だけで、破産してしまいます」

と、亀井は、いった。

「すると、やはり、彼女が、人違いをしたということかな？」

「それが、一番、ありそうなストーリイですね」

と、亀井も、いった。

「小野田進の会社の副社長がいっていた言葉を、思い出しているんだよ」

「ああ、女の声で、電話があったというやつですね。確か、小野田さんは、ハーバードにいたことがありますかと、聞いたという」

「そうだよ。小野田は、ハーバードなど、行かなかった。副社長は、そう答えたと、いっていた。それで、あの女は、自分が、人違いしてしまったことに気がついたんじゃないかな」

「すると、彼女が、本当に殺したかった相手は、小野田に似た顔で、ハーバード出ということになりますか？」

「そして、よく、二一時発の『ひかり323号』のグリーンの個室を利用する男ということになってくる」

と、十津川は、いった。

「どうして、その男を探しますか？　まさか、新聞に出して、公募するわけにもいきませんし――」

「JRに、頼んでおこう。小野田進の写真を渡し、これによく似た男が、二一時〇〇分の列車に乗ったら、教えてくれとね」

「彼女の方も、頼んでおいたらどうですか？　もし、彼女が、乗って来たら、すぐ、連絡してくれるようにです。うまくいけば、名古屋で、押さえられますよ。東京駅にも、毎日、刑事を、張り込ませようじゃありませんか」

と、亀井は、いった。

8

十津川は、若い刑事たちに、二名一組で、二一時〇〇分発の「ひかり323号」を、見張らせることにした。

東京駅の14番線ホームの張り込みである。

だが、翌日も、翌々日も、彼女は、姿を現わさなかった。明らかに、彼女は、用心して、身を隠してしまったのである。

「警戒を解こう」

と、十津川は、いった。

そんな時、友人の川合が、来た。東京にやって来て、昼に、十津川に、電話して来た。

　十津川は、日比谷のビルの中にある喫茶店で、川合に会った。

「今夜帰るんで、例の女のことを、君に聞きたくてね。警察は彼女が犯人だと思っているんだろう？」

　と、川合は、十津川に、きいた。

「まだ、断定はしてないよ。見つかれば、事情を聞きたいとは、思っているがね」

「どこの誰か、わからないのか？」

「残念ながら、わからん。君に教えて貰った名前と住所が、手掛かりになると思ったんだがね」

「あれは、嘘だと、おれは、いった筈だよ」

「わかってるさ。だが、偽名を使う場合も、何か、自分に関係のある名前にしてしまうものだからね」

「そんなものかね」

　と、川合は、感心したように、いった。

　十津川は、じっと、川合を見て、

「実は、君が、本当は、殺される筈だったんじゃないかと、考えたことがあったんだ」

と、いった。

「何だって、そりゃあ」

川合は、眼を丸くした。

「小野田進という外車輸入の会社の社長が殺された」

「それは、新聞で見たよ。おれによく似た顔の男だ。君に電話で話したじゃないか。

おれが、危く、間違われそうになったって」

「ああ。だがね、小野田進は、人違いで、殺された可能性が出て来たんだ」

「妙な事件だな。おれが、はじめに人違いされかけて、小野田進も、人違いで殺され
たというのか？」

「そうだ。だから、私はね、本当は、君が、殺される筈の男だったのではないかと、
思ったんだ」

「おれが？」

「ああ。小野田進と顔が似ているし、仕事で、時々、東京に来て、帰る時は、ゆっく
りできるといって、二一時〇〇分の『ひかり323号』の個室に乗る。それに――」

「それに、何だい？」

「女性関係が、いろいろと、噂になっているからね」

　十津川は、遠慮なく、いった。

　川合は、「よしてくれよ」と、苦笑した。

「おれは、そんなに悪いことはしてないぜ」

「あの女が、殺したいと思っていた男は、ハーバードを出ている。そうだとすると、君じゃない」

「そうさ」

　と、川合は、笑って、

「おれは、君と同じ大学を出ているんだ。アメリカに行ったことはあるが、ハーバードみたいな難しいところへは行ってないよ」

「ああ、そうだ。それで、ほっとしてるのさ」

　と、十津川は、いった。

「三人目の男がいるんだよ」

　と、川合が、いう。

「三人目？」

「よくいうじゃないか。この世の中には自分によく似た人間が、少なくとも、三人いるってね。つまり、おれと、小野田進の二人によく似た男が、もう一人いるんだよ」

と、川合は、いった。

「そうかも知れないがね」

十津川は、難しい顔になった。

「今夜も、おれは、二一時の新幹線に乗るつもりだが、また、送りに来てくれるかい？」

「いいよ。送りに行くよ。ひょっとして、また、彼女と会えるかも知れないからね」

と、十津川は、いった。

十津川は、川合と別れて、警視庁に、戻った。

「心配ごとですか？」

と、亀井が、声をかけてきた。

十津川が、「え？」と、きき返すと、亀井は、

「顔色が、悪いですよ」

「そうかね」

「大丈夫、例の女は、見つかりますよ」

と、亀井が、いった。

十津川は、亀井が、勝手に、解釈してくれたことに、ほっとしながら、

「彼女は、恐らく、東京の人間だろうね」

と、いった。

「私も、そう思います」

「それにだ。一応、新大阪までの切符を買っていても、列車に乗ってから、目当ての相手がいない時は、多分、名古屋で降りていたんじゃないかと思うね」

「名古屋着は、二二時四八分です。しかし、この時間でも、もう、東京に戻る新幹線はありませんよ。最終は、名古屋発二二時〇〇分ですから」

と、亀井が、時刻表を見て、いった。

「わかってるよ。ただね、翌朝、名古屋発六時一九分という始発の『ひかり』があるんだ。これに乗れば、東京に八時二四分に着くんだよ」

「なるほど。九時に始まる会社なら、十分、間に合いますね」

「つまり、彼女が、普通のＯＬである可能性もあるということだよ」

と、十津川は、いった。

その日の午後、殺人事件の報告があり、十津川たちは、現場である井の頭公園に、急行した。

公園の林の中に、若い女が、絞殺死体で、横たわっているのを、アベックが、発見したのである。

十津川と、亀井は、殺された女を見て、思わず、顔を見合わせた。

探していたあの女だったからだった。

「とんだご対面になりましたね」

と、亀井が、ぶぜんとした表情で、いった。

「そうだね。この女が、もう一人、男を殺すことになると思っていたのに、逆に、殺されるとはね」

と、十津川も、当惑を隠さなかった。

とにかく、身元の確認だった。

ハンドバッグも、見つからないし、ポケットには、ハンカチしか入っていなかった。

花柄のハンカチには、アルファベットの刺繡(ししゅう)がしてあったが、これだけでは、何という名前なのか、見当がつかない。

取りあえず、指紋の照合をすることになった。

十津川が、おやっと思ったのは、彼女が、サンダル履(ば)きだったことである。

(この近所の人間か)

と、考えた。

それなら、意外に早く、身元がわかるかも知れない。

十津川は、井の頭公園周辺の聞き込みを開始した。

十津川の推理は的中して、ＪＲ吉祥寺駅から歩いて二十分のマンションに住む前原ゆう子らしいと、わかった。

十津川と、亀井は、このマンションに、急行した。

七階建の中古マンションである。マンションの前には、聞き込みに当たっていた西本と日下の二人の刑事が、十津川を、待っていた。

「五〇三号室で、今、北条早苗刑事が、室内を調べています。女性の方が、よくわかると思いまして」

と、西本がいった。

十津川と亀井は、肯いて、五〇三号室に、あがって行った。

１Ｋの狭い部屋である。

若い北条早苗刑事が、十津川を迎えた。

「何かわかったかね？」

と、十津川がきくと、早苗は、

「誰かが、先に来て、家探しをしていったみたいです」

と、いった。

なるほど、部屋の中は、若い女のものらしくなく、取り散らかしてある。洋服ダンスの中の服が、床に、散乱しているのだ。

机の引出しも、同じだった。

十津川は、すぐ、鑑識を呼び、室内に残った指紋を、検出して貰うことにした。

「これが、被害者の勤めていた会社だと思いますわ」

と、早苗が、一冊の社員録を、十津川に、渡した。

「中央商事」の名前が読める。中堅の商社である。部厚い社員録のページを繰っていくと、被害者の名前、前原ゆう子も、あった。

やはり、普通のOLだったのだ。

「犯人に繋がるようなものは、何かあったかね？」

十津川は、改めて、早苗に、きいた。

「見つかりません。恐らく、誰かが、持ち去ったんだと思いますわ」

と、早苗が、いう。

犯人は、井の頭公園で、前原ゆう子を殺し、ハンドバッグの中にあったキーで、このマンションに入り、部屋の中を、探したのだろう。

十津川は、腕時計を見た。

もう、中央商事は、退社時刻を過ぎているが、幸い、社員録がある。課別になっているので、前原ゆう子の属していた会計課の課長の自宅に、電話してみることにした。

水野という課長だった。電話すると、幸い、自宅にいてくれた。

前原ゆう子が、死んだことを告げ、これから会いたい旨をいった。水野の自宅は、中野である。

十津川は、亀井と、パトカーを飛ばして、会いに行った。

2LDKのマンションの居間に通してくれたが、水野は、青ざめた顔をしていた。

「全く信じられません。前原君が、殺されたなんて」

と、水野は、いった。

「最近、彼女の様子が、おかしかったということはなかったですか?」

「そうですね。少し落ち着きがないように思っていましたが、若いですからね。恋でもしているんだと、思っていたんですが」

「恋ですか」

「あの通りの美人ですからね。いろいろと、噂もありましたから。私にも、彼女を好きになった青年の母親から、彼女のことを聞く電話が、あったりしました」

「最近、会社を休みませんでしたか？」

「二十二日だけ、欠勤しましたが、あとは、毎日、ちゃんと、来ていましたよ」

と、水野は、いう。

二十二日というと、小野田進が、殺された翌日である。殺した翌日なので、さすがに、会社へは、出られなかったのか。それとも、いつもなら、名古屋で降りていたのに、京都か、新大阪まで行ってしまったので、出勤時間に、間に合わなかったのか。

「彼女の家族のことを、教えてくれませんか？」

と、十津川が、いった。

「両親は、確か、北陸に健在だと思いました。きっと、なげかれるでしょうね。前に、彼女の姉さんが死んだばかりですから」

水野は、沈痛な表情で、いった。

「姉さんが死んだんですか？」

「ええ。マンションの屋上から、自殺しましてね。それまで、前原君と一緒に、住んでいたんですが、そのあと、今の吉祥寺に、引っ越したみたいです」

「その姉さんのことは、よくご存知ですか？」

と、亀井が、きいた。

「一度、会ったことがありましたよ。前原君より、五つ、六つ年上でしたね。美人でしたが、ちょっと、寂しそうな顔立ちでした。前原君によると、父親が、病気勝ちで、家計が苦しかったので、姉さんが、働いて、家計を助けていたということみたいですね」

「何をしていたか、わかりませんか？」

「これも、前原君の話ですが、どこかの設計事務所に勤めていて、そのあと、ひとりで、税理士みたいな仕事をしていたようです。くわしいことは、知らないのですよ」

と、水野は、いう。

十津川は、前原ゆう子の前の住所を聞き、そのマンションへ、廻ってみた。

三鷹のマンションで、管理人は、前原姉妹のことを、よく覚えていた。

「とにかく美人姉妹ですからね。姉さんですか？　名前は、桂子さんです。二十八、九歳でしたよ。ちょっと、寂しい感じの美人でね。自殺してしまったんだけど、死んだときは、こんなことになりそうだったなと、思いましたけどね」

「自殺の原因は、何だったんですか？」

「そりゃあ、失恋に決まっていますよ」

と、いやにあっさりと、管理人は、いった。

「なぜ、そう思うんですか？」

「なぜって、とても嬉しそうな顔をしている頃があったんですよ。ああ、恋をしてるんだなと思いましたもの。その直後の自殺ですからねえ」

「妹さんは、悲しんだでしょうね？」

「そりゃあ、仲のいい姉妹でしたからねえ。心配したもんですよ。姉さんのあとを追って、自殺するんじゃないかと、思って」

「桂子さんの相手の男を、見たことがありますか？」

「いえ。それが、見てないんですよ。なんでも、大きな会社のエリートサラリーマンで、外国の大学を出た人だそうでしたがね」

「ハーバード？」

「それは知りませんが、そういう偉い人に限って、情が薄(うす)いもんでね」

と、管理人は、したり顔に、いった。

9

十津川は、腕時計に、眼をやった。

午後七時を回ったところである。

「殺された小野田進が、よく行っていた銀座のクラブがあったねえ」

と、十津川は、亀井に、いった。

「ええ。確か、『花輪』という名前の店です」

「まだ、ママさんは来てないかも知れないが、行ってみないかね」

と、十津川は、亀井を、誘った。

銀座の夜は、いつも通りの人出で、賑わっていた。電通通りにあるクラブ「花輪」では、幸い、ママがもう顔を出していた。

「死んだ、小野田進さんのことで、聞きたいことがあってね」

と、十津川が、切り出すと、ママは、

「まだ、小野田さんを殺した犯人は、捕まらないですか？」

と、きき返してきた。

「いや、犯人はわかったんだが、殺されてしまった」

と、十津川は、いった。

「妙な事件ですのね」

「ああ、妙な事件なんだ。それで、ママさんに聞きたいんだが、前に、死んだ小野田さんのことを、『優しすぎる』と、いっていたね？」

「ええ」

「どういう意味なのか、教えて貰いたいんだが」

「そんなことが、何か、小野田さんの殺されたことと、関係がありますの？」

ママは、怪訝そうな顔で、十津川を見、亀井を見た。

「わからないが、気になってね。どんなことだったのか、教えて欲しいんだよ」

と、十津川は、いった。別に、これといった成算があってのことではなかった。言葉どおり、ただ、気になっていただけのことだったのだ。

ママは、ちょっと考えていたが、

「小野田さんて、妙な人だった。相手が男だと、やたらに、対抗心を燃やす人だけど、女には、ひどく優しかったわ。女をものにしようとして、優しかったわけじゃないと思うの。多分、小さい時に、お姉さんを亡くしたせいじゃなかったのかしら」

「小野田さんが、そういっていたの？」

「いいえ。これは、わたしの推測」

と、ママは、笑ってから、

「小野田さんが、優しすぎるといったのは、女の人と話をしていると、相手を傷つけまいとして、その結果、嘘をつくことになってしまうんですよ」

「具体的に、話してくれないかな」

　と、十津川は、いった。

「うちの女の子が、いつだったか、小野田さんと食事をしたんだけど、翌日、わたしに、小野田さんって、嘘つきだって怒っているんですよ。どうしたのって聞いたら、嘘ばかりついていたって。年齢も嘘ついてるし、子供のことも嘘だし、自宅の住所も、嘘だったたっていうんですよ」

「小野田さんには、確かめたの？」

　と、十津川は、きいた。

「次に、小野田さんが来たとき、いってやったんです。相手が、水商売の女だからって、嘘ばかりつくのは、止めて欲しいって」

「そしたら、彼は、何といったの？」

「困った顔をして、こういいましたわ。先日、ユミちゃんと食事をしたとき、いろいろ話をしたんだが、途中で、彼女が、誰かと間違えているのがわかったんですって。いおうと思ったんだが、相手が、真剣な顔で話しているんで、違うといいづらくなって、うん、うんと、相槌を打っていたって。わたしは、そういう優しさは、結局、相手を傷つけることになりますよって、いったんですけどねえ」

「小野田さんは、ママさんの忠告に対して、何といっていたのかな？」

「おれには、どうも、そんな風には出来ないって、笑っていましたけど」

と、ママは、いった。

「それが、ママさんのいう優し過ぎるって、ことですか？」

と、亀井が、きいた。

ママは、笑って、

「これは、小野田さんの一つの面ですけどねえ」

と、いった。

10

外に出ると、雨が降り出していた。

十津川は、ちらりと、腕時計に眼をやってから、亀井に、

「悪いが、先に、帰っていてくれないか。私は、ひとりで、行くところがあるんだよ」

と、いった。

「わかりました」

と、亀井は、あっさり、いった。

十津川は、ほっとしながら、東京駅に急いだ。どうしても、今夜は、ひとりで、東京駅に行きたかったのだ。

14番ホームにあがって行くと、二一時〇〇分発の「ひかり323号」は、もう入線していた。

ただ、清掃中で、ドアはまだ、閉まっている。

十津川は、ホームに、川合の姿を探した。

「やあ」

と、川合が売店のかげから、出て来て、十津川に、手をあげた。手に、週刊誌と、缶ビールを持っていた。

「送りに来てくれないのかと、思っていたよ」

と、川合は、いった。

「いや、ちゃんと、来るつもりだったよ」

と、十津川は、いった。

川合は、腕時計に眼をやり、

「あと、十五分か。今日は、疲れてね」

「なぜ、殺したんだ？」

と、十津川は、重い口調で、きいた。

川合は、「え？」と、十津川を見て、

「何のことだ？」

「前原ゆう子を、なぜ、殺したんだ？　殺すまでのことは、なかったんじゃないのか？」

「何のことか、わからないな」

と、川合は、いった。が、その顔が、青ざめていた。

「この列車に、続けて、乗って来た若い女のことだよ。彼女は、最愛の姉を、自殺に追いやった男を、探していたんだ。その男は、姉に向かって、いつも、自分は、ハーバードを出ている大企業のエリート社員だといっていた。それに、よく、二一時〇〇分発の『ひかり323号』の個室に乗るともね。もう一つ、顔立ちも、妹に、いっていたか、或いは、一度か二度、妹が、その男を見ていたんだ」

「なぜ、そんなことを、おれに話すんだ？」

と、川合は、とがった眼で、十津川を見つめた。

十津川は、構わずに、

「妹の前原ゆう子は、姉を自殺に追いやった男を探して、毎日、この列車の個室に乗るようになった。彼女が知っているのは、今いった、顔立ちと、ハーバード出身であること、それに、四十代のエリート社員ということだけだったんだ。そして、間違えて、小野田進という顔立ちのよく似た男を、殺してしまった」

「なぜ、間違えたんだ？」

「それが、最初、わからなかったんだが、小野田という男の優しすぎる性格のためだったんだよ」

「何のことだ？　優しすぎるというのは？」

眉を寄せて、川合が、きく。

十津川は、小さく肩をすくめて、

「君には、わからんだろうね。小野田という男は、女性が、人違いしているとわかっても、相手が気の毒になって、うんうんと、肯いてしまう男だった。普通の場合なら、それでもよかったんだが、不幸なことに、今度の女性は、自殺した姉の仇を討つ気で、青酸を塗ったキリを持っていた。小野田が、うしろを見せたとき、前原ゆう子は、そのキリで、刺したんだよ。多分、小野田は、死ぬ瞬間まで、自分が、なぜ、刺されたのか、わからなかったろうね」

「そのことと、おれと、どんな関係があるんだ？」

川合は、抗議するように、眼をむいた。

「君は、昔から、自分を飾ることが好きだった。女に、だらしがなかった。そのこと自体は、君の個人的なことだから、別に、何もいうことはない。嘘をついて、女を欺しても、警察のかかわることじゃないからね。たとえ、君に捨てられて、女が、自殺しようとだ。だが、殺人となったら、見過ごせないんだよ」

「何のことをいっているんだ？」

「君は、どこかで、前原ゆう子の姉と、知り合った。この新幹線の列車の中かも知れない。例によって、君は、女の前で、見栄を張って、ハーバード出身で、エリート社員だといった。君は、アメリカに行ったことがあるから、その知識を使って、もっともらしく、話したんだろう。前原桂子は、君に、のめり込んでいった。君は、きっと、奥さんと別れたとか、独身とかいっていたんだろう。彼女は、君と結婚できると信じていたのに、その夢が破れて、自殺した」

「待ってくれ。なぜ、そんな風に、決めつけるんだ？　二十日に例の女と、会ったとき、おれは、ハーバードなんて、いわなかった。いっていれば、刺されていたんじゃないか？」

「君は、前原桂子が、自殺したことは、知っていた筈だよ。さすがの君も、寝ざめが悪くて、以来、ハーバード出身という嘘はつかなくなったんだろう。だから、妹の前原ゆう子に、刺されずに、すんだんだよ」

「とにかく、おれは、例の女は、殺してないよ。君の見込み違いだよ」

「そう思いたいが、君は、殺したんだ。恐らく、彼女が逮捕されて、君の行為が、公(おおや)けになるのが、怖(こわ)かったんだと思う。君も、サラリーマンで、スキャンダルが、公けになれば、身が危うくなるからね。君に捨てられて、一人の女性が、自殺し、その仇を討とうとした妹が、間違って、殺人を犯してしまった。こんなスキャンダルは、サラリーマンにとっては、致命傷になる。君はそう考えて、彼女を、殺したんだよ。井の頭公園に、呼び出して、絞殺したんだ」

十津川は、川合の顔を、まっすぐに見すえて、いった。

「ちょっと待ってくれ」

と、川合は、あわてて、さえぎって、

「とんだ濡(ぬ)れ衣(ぎぬ)だよ。前にも、君にいったが、あの女は、おれに、名前は、小堀由紀だと、嘘の名前をいい、住所だって、でたらめを、教えたんだよ。おれは、彼女の名前も住所も知らずに、どうして、殺せるんだ？」

と、いった。

十津川は、悲しげな顔つきになった。

「君は、彼女の姉の前原桂子と、つき合っていたんだよ。彼女のマンションにだって、行った筈だ。昼間、私から、彼女が殺したいと思っている男はハーバードを出ていると聞いたとたんに、君は、ぴーんと来たんじゃないのか。妹なら、同じ前原だし、姉妹で住んでいたマンションから、現在の住所を探り当てるぐらい、簡単だったと思うよ」

「――――」

「おれは、君に、自首して貰いたかったよ」

と、十津川は、いった。

「君のいうように、おれが、彼女の姉と、つき合いがあったとしてもさ、おれが、彼女を殺したという証拠が、どこにあるんだ？　二十日に、あの列車で会って以来、一度も、彼女には、会ってないんだ」

川合は、開き直った顔で、反撃してきた。

「じゃあ、今日も、会ってないというのかね？」

と、十津川は、きいた。

「ああ、もちろんだ！」

川合は、叫ぶようにいった。

十津川は、ますます、悲しげな表情になった。

川合は、それを、当惑と見たのか、

「どうしたんだ？　証拠がなければ、どうにもならんのだろう？　もう、列車が出る。おれは、失礼するよ」

と、勝ち誇ったように、いった。

十津川は、列車に乗ろうとする川合の腕をつかんだ。

「君は、気がつかないのかね？」

「何をだ？」

きょとんとした顔で、川合が、きく。

「そうか。君は、何時間か前に、人を殺した。その興奮がさめないので、気がついていないんだ」

「いったい、何のことをいってるんだ？」

「ほのかに甘い香水の匂いだよ。彼女がつけていた香水だ。フランス製の有名な香水だそうだよ。君が、彼女を、絞殺したとき、君の身体に、香水のかおりが、移ったんだ。移り香(が)というやつだよ。君は、証拠をつけて、歩いていたんだ」

十津川が、話している間に、川合の顔から、血の気が、引いていった。

「君を逮捕しなければならない。こんなことは、嫌(いや)だがね」

と、十津川が、いったとき、ふいに、背後から、

「警部」

と、呼ばれた。

亀井だった。

「心配だったんで、来てしまいました。その人は、私が、署まで連れて行きましょう」

と、亀井は、いった。

「ああ、頼む」

と、十津川は、ほっとした顔で、いった。

川合が、亀井に連行されて行ったあと、十津川は、ひどく疲れた気分で、丁度、発車して行く「ひかり３２３号」を、見送った。

北への危険な旅

1

警視庁捜査一課の戸倉(とくら)刑事は、まだ独身である。恋人もいない。

「君は、もう二十九歳だろう？」

と、十津川警部がからかうように声をかける。

「ええ」

「それなのに、恋人が一人もいないというのは、情けないというか、だらしないというか——」

「刑事をやってると、なかなか女性と知り合うチャンスがないんですよ」

「それは、君の努力が足りないんだ。ぼくは晩婚だったけど、ちゃんと結婚したよ」

と、十津川はいってから、

「君の家は、中野だったな？」

「そうですが――」

「今日でも、帰りに新宿で降りて、易者にみてもらったらどうだ？　歌舞伎町によく当たる女の易者がいるそうだよ。中年の女で、なかなかの美人だそうだ。特に、恋愛問題でよく当たるというから、いつごろ、どこで、どんな恋人ができるかどうか、占ってもらうといい」

と、十津川はいった。

「警部も、占ってもらったことがあるんですか？　その易者に」

「ぼくは、みてもらってないが、うちの奥さんがみてもらって、よく当たるといってたよ」

「そうですか――」

「女優の南かおりに似た美人だそうだから、眼の保養にもなるぞ」

と、十津川はいった。

その日、事件がなかったので、戸倉は、ふと、新宿で降りてみる気になった。

べつに、十津川のいうようなことを、女占い師にみてもらおうとは思わなかったが、もともと占いには興味があるし、明日、また、十津川と顔を合わせたとき、きっと、どうだ、みてもらったかと、きかれるだろうと思ったのだ。

歌舞伎町に出ると、易者が何人も出ていた。

十津川のいう女易者は、すぐわかった。着物姿がよく似合う、なかなかの美人だったし、人気があるとみえて、彼女のところには、四、五人の客が群がっていた。

戸倉は、近くの喫茶店に入り、時間を潰してから、もう一度、彼女の所へ行ってみた。

幸い、客の姿はない。

戸倉は、彼女の前に立って、

「みてくれませんか」

「何をみましょう？　仕事のこと？　それとも、女性関係？」

彼女が、ニッコリと戸倉を見あげた。

戸倉は、女性関係というのが照れ臭いので、

「僕の将来のことを、占ってくれませんかね？」

「じゃあ、お名前を、ここに書いてくださいな」

と、彼女がメモ用紙とボールペンを戸倉の前に置いた。

戸倉は、それに自分の名前を書いた。

「戸倉章さん。いい名前ですねえ。堅実な人生を送ることになる名前だわ」

「堅実――ですか」

「今度は、手を見せて」

と、彼女はいい、じっと戸倉の左手を見ていたが、急に眉を寄せて、

「不思議だわ」

「何がですか？」

「かげりが見えるんですよ。それに、血の匂いも感じられるんです」

「へえ」

と、いった。が、戸倉は、べつに驚きはしなかった。彼は、捜査一課の刑事である。毎日のように、殺人事件にぶつかっているし、血の匂いだって、嗅いでいるからである。

「あまり、驚かないんですね？」

「仕事上、危険には、馴れていますからね」

と、戸倉はいった。

女は、じっと、戸倉の顔を見つめて、

「あなたは、近々、北へ行くことになりますよ」

「北へ」

「ええ。でも、行っちゃいけません。危険ですからね。血の匂いといったのは、あなたの血の匂いなんですから」

と、彼女はいった。真剣ないい方だった。

（何をいっているのか――）

と、戸倉は思いながら、

「南へ行くのはいいんですか？」

「私のいうことを信じないみたいですねえ」

「突拍子もないんでねえ」

「でも、本当ですよ。絶対に、北へ行っちゃいけません。本当に、危険なんですよ」

2

翌日、出勤すると、案の定、十津川が、

「みてもらったかね？」

「ええ。昨日、新宿へ寄りました」

「それで、いつごろ、結婚できると、彼女はいったね？」

「まあ、三十過ぎたら、結婚すると、いってました」

と、戸倉は嘘をついた。易者のいったことを気にしていると思われるのが、嫌だったからである。

「三十過ぎないと、君は結婚できないのか」

十津川は、肩をすくめるようにしたが、そのあとは何もいわなかった。

その日の午後になって、殺人事件が発生した。いや、正確にいえば、殺人が起きたらしい。

四谷のマンションの管理人からの電話で、急行すると、五〇六号室の居間の床に、血が流れていた。

かなりの血痕である。

管理人は、青い顔で、

「ドアが開いていたので、入ってみたら、この有様なんですよ。驚いて、一一〇番したんです」

「ここには、女性が住んでいるんですね？」

と、十津川警部がきいた。

「ええ。細川みゆきさんというＯＬですよ」

「ＯＬね」

「警部！」

と、バスルームをのぞいていた西本刑事が、大声で十津川を呼んだ。

彼がのぞくと、西本がバスルームの鏡を指さしている。

その鏡には、赤い口紅で、次の文字が書きなぐってあった。

〈Tよ。よく見ておけ。お前も、同じ目に遭わせてやる〉


（面白いな）

と、十津川は口の中で呟いた。

どうやら、この筆跡の主は、Tという人間を、女の死体を使って、脅迫しているらしいのだが、肝心の死体が消えてしまっている。

「カメさんの意見を聞きたいね」

と、十津川は亀井の顔を見た。

「居間の血痕や、この筆跡などをよく調べないと、今は何ともいえません」

「慎重なカメさんらしいね」

と、十津川がいったとき、奥の寝室から、

「ベッドの毛布が、失くなっています」

という若い刑事の声が、聞こえた。

十津川が行ってみると、なるほど、ベッドにあったと思われる毛布が失くなっている。

とっさに考えたのは、その毛布で死体を包んで、運び去ったのではないかということだった。当然、それには、車も使われたにちがいない。

床に点々と浸み込んでいる血痕は、採集され、血液型が調べられた。

部屋の住人である細川みゆきの血液型と、照合するためである。

もう一つは、鏡に口紅で書かれた筆跡を、彼女の筆跡と比較することだった。彼女が身を隠す必要に迫られて、一芝居打ったという可能性もなくはないのだ。

2DKの部屋からは、もう一つ、面白いものが発見された。狭いキッチンにあった二つの釜めしの容器だった。それは、流しに重ねて置かれていたのだが、茶色の容器には、横川駅の文字が見えた。底や内側には、ご飯粒やグリンピースが残っている。まだ腐ってはいなかった。

この部屋の主の細川みゆきが、旅の帰りに買ってきたのかもしれないし、友人、知人が買ってきて、彼女と二人で食べたのかもしれない。それは、細川みゆきのここ数日間の行動を調べれば、自然とわかってくるだろう。

死体は見つからなかったが、捜査本部が四谷警察署に設けられ、十津川が捜査の指揮に当たることになった。

まず、第一に、細川みゆきのことを調べた。

管理人は、ＯＬといったが、彼女は、一カ月前に、三年間勤めた中央建設という会社を辞めていた。

年齢は、二十六歳。写真で見ると、かなりの美人である。昔の同僚の話では、準ミス・東京に選ばれたこともあるという。

肝心の血液型は、ＯＬ時代に調べていて、ＡＢ型とわかった。彼女のマンションの床の絨毯に点々としていた血痕の血液型も、同じくＡＢ型だった。

血痕は、細川みゆきのものとみていいようである。

次は、バスルームの鏡に口紅で書かれていた文字の筆跡だった。

細川みゆきの筆跡とは、素人の十津川が見ても、明らかに別人のものとわかった。

どうやら、細川みゆきの自作自演という線はなさそうである。

十津川は、彼女の部屋にあった手紙を、すべて調べることにした。その中に、口紅文字と同じ筆跡のものがないかということと、もう一つは、Ｔのイニシアルの人間がいないかということだった。

一見して、似た筆跡の手紙が一通あった。十津川は、二つの筆跡を専門家に鑑定してもらうことにした。

Tのイニシアルの人間からの手紙は、二通あった。

一通は、戸川ひろみという女性からの手紙、もう一通は、富永功という男からのものだった。

十津川は、亀井と一緒に、この二人に会ってみることにした。

戸川ひろみは、細川みゆきと同じ二十六歳で、短大時代の友人だった。すでに結婚している戸川ひろみは、十津川たちが警察手帳を見せると、

「テレビのニュースで見ましたけど、みゆきが殺されたって、本当なんですか？」

と、青い顔できいた。

「まだ、何ともいえません」

とだけ、十津川はいってから、口紅の文字のことを話した。

「何か思い当たることは、ありませんか？」

「いいえ」

と、ひろみは顔を横に振った。

「細川みゆきさんは、どんな人ですか?」

十津川は、質問を変えた。

ひろみは、ちょっと考える感じで、黙っていたが、

「学生のころから、美人で頭がよくて、ボーイフレンドが、何人もいましたわ」

「一カ月前に、彼女は、会社を辞めているんですが、理由をご存じですか? 会社にきいても、突然、勝手に辞めたというだけでしてね」

と、亀井がきいた。

「辞めてから、一度、会ってるんですけど、いやに、明るかったですわ。しばらく、のんびりと旅行なんかを楽しみたいって。いいご身分ねっていったら、笑ってましたけど」

と、ひろみはいう。

「のんびりと、旅行を楽しみたいと、いったんですね?」

十津川は、横川の釜めしの容器を思い浮かべながら、確かめるようにきいた。

「ええ。のんきだなって、思いましたわ」

「なぜ、のんきだと思ったんですか?」

「だって、勤めて、まだ三年だったんですよ。退職金も少ないと思うんです。それに、

派手な性格だから、貯金だって、きっとなかったと思うのに、のんびり旅行を楽しむなんて、いってるんですもの」

「彼女の実家が資産家ということは、ありませんか？」

「彼女の故郷は、たしか九州の大分ですけど、帰るとみじめになるから、ほとんど帰らないんだといっていましたわ。それで、学生時代もアルバイトをしてましたから」

と、ひろみはいう。

「おかしいな。会社を辞めたあと、住んでいるマンションを買ってるんですよ。今まで借りていたのを」

と、十津川はいった。

「買ったんですか？　本当に？」

ひろみは、眼を丸くしてきいた。

「そうです。安くなったといっても五千万円です」

「そんなお金、どうしたのかしら？」

「われわれも、それを知りたいと思っているんですがね。ところで、彼女が、軽井沢のほうへ旅行したという話を聞いていませんか？」

「いいえ。最近ですか？」

「そうです。軽井沢方面に、彼女の友達はいませんか？」

「聞いたことはありませんけど、軽井沢は好きみたいですわ。彼女、昔から有名好きで、お金がないときでも、無理してブランド物を手に入れていたし、軽井沢も、ステータスがあるから、好きだと思います」

「実際に、彼女と一緒に、軽井沢へ行ったことがありますか？」

と、十津川がきくと、ひろみは、昔を思い出すような眼になって、

「学生のころ、四、五人で、軽井沢へ行ったことがあるんですよ。もちろん、彼女も一緒で。景色を楽しむというより、有名人の別荘を見て歩いて、溜息(ためいき)をついただけなんですけどね。彼女が、絶対に、この軽井沢に別荘を持つんだっていってたのを覚えてますわ」

「それに対して、他の人たちは、どんな反応でした？」

「彼女は、うまくいけば、軽井沢に住めるかもしれないなって、私なんかは、思いましたわ。美人だから、お金持ちのボンボンと結婚してね」

と、ひろみはいった。

（細川みゆきは、その夢を、実現しかけていたのだろうか？　それとも、実現しかけて、殺されてしまったのか？）

3

十津川と亀井は、その足で、練馬区の石神井に住む富永功に会うことにした。

富永は、四十二、三歳の男で、石神井で不動産の店を出していた。十津川たちは、その店で富永に会った。

バブルがはじけたせいか、店の中は閑散としている。

「今月の五日に、あなたが細川みゆきさんに出された手紙を、失礼ですが、拝見しました」

と、十津川はいった。

富永は、それについては、べつに文句はいわず、

「彼女が、殺されたというのは、本当なんですか？」

「おそらく殺されたと思っています。あなたの手紙では、かなり親しい感じですね。その点、くわしく話していただけませんか」

「彼女の勤めていた会社と、仕事上の関係で行き来しているうちに、社員の彼女と親しくなりましてね。色っぽい娘なんで、うちが景気のいいときは、食事に連れていっ

たり、シャネルのハンドバッグを買ってあげたりしましたよ」

「関係はあったんですか？」

　と、亀井がきいた。

「まあね。それが、例のバブル崩壊で、うちには、借金だけが残りましてね。そうなったら、電話しても出やしない。そのうちに会社を辞めてしまった。私も未練があったもので、あんな手紙を出したわけです。何とか、もう一度、会いたいと思いましてね」

　富永は、頭をかいた。

「一昨日、四月十六日は、どうしていらっしゃいました？」

「刑事さん。私は、彼女を殺していませんよ。今いったように、未練はありますが、殺したりはしませんよ」

「それで、四月十六日は？」

「ウィークデイだから、ちゃんと、店に来てましたよ。そのあとは、たぶん、行きつけのカラオケスナックに行って、夜中まで唄っていたんじゃないかな。金がなくて、そんな遊びしかできませんよ」

　と、富永は溜息をついた。

「あなたと細川みゆきさんの両方を恨(うら)んでいる人間に、心当たりはありませんか？」

「彼女を恨んでいる人間は、何人もいるでしょうが、彼女のことで、私まで恨んでいる人間というのは、いないんじゃないですか。私は、体よく捨てられたようなもんだから」

「そこのメモ用紙に、ちょっと書いてもらいたいことがあるんです。ボールペンでけっこうです」

と、十津川はいい、例の口紅の文章を伝えた。あの文章のことは、マスコミには伏せてある。

富永は、書きながら、

「何ですか？　これは」

と、きく。十津川は、それには答えず、

「一カ月前に会社を辞めてから、彼女は、五千万円でマンションを買っているんですよ。パトロンがいるようなんですが、富永さんに心当たりはありませんか？」

「さあ。彼女、金持ちが好きで、いろいろと男がいたのは、知っていますがね。誰ということは、わかりませんね」

「失礼ですが、軽井沢に、別荘をお持ちですか？」

「いや、あの辺の新しい別荘地を売ったことは、ありますがね。それが、どうかしたんですか？」

「彼女は、軽井沢か、その方面に旅行をしてきて、その直後に殺されたと思われるのです」

「そういえば、私が付き合ってたとき、軽井沢に別荘を持ってるかと、彼女にきかれたことがありましたね。それも、有名人の住んでいる旧軽井沢のほうにですよ」

「なるほど」

と、十津川は肯いた。みゆきは、そんな有名人と親しくなっていたのだろうか？

「彼女と旅行なさったことはありますか？」

「箱根へ行ったことがありますよ。箱根なら、安上がりだと思っていたら、一泊三十万円のスイート・ルームに泊まりたいといい出して、結局、高くつきましたよ」

と、いって、富永は、苦笑した。

「彼女が付き合っていた男の名前を知っていたら、教えてくれませんか。推測でもけっこうです」

「一人、知っています。武井鉄次郎です。武井工業の若い社長ですよ」

「なぜ、その名前を知っているんですか？」

「彼女が、ときどきいっていたからです。いかにも、尊敬している感じでね」

（武井も、イニシアルはＴだな）

と、十津川は思いながら、

「武井さんに、会ったことがありますか？」

「一度、何かのパーティで会って、名刺を交換しましたよ。もちろん、私の羽振りがよかったころですがね」

と、富永は小さく肩をすくめてみせた。

「あなたが見た武井さんは、どんな感じの人間ですか？」

十津川は、興味を持ってきいた。

「なぜ、私に？　今いったように、私は、一度しか会っていないんですよ」

「わかっていますが、あなたの意見をききたいのです」

と、十津川は重ねていった。富永は、一度しか会っていないというが、彼にとっては、細川みゆきをめぐるライバルだったはずである。その眼で、相手を観察したにちがいないと、十津川は、思ったからである。

富永は、「そうですねえ」と呟いてから、

「危ないなと思いましたよ」

「危ないというと、何が危ないということですか？　危険人物ということですか？」

「それも、多少は感じましたが、私がいうのは、彼自身が危なっかしいなと思ったんですよ。若手の経営者でやる気満々なのが、眼に見えるんですよ。亡くなった先代の社長が、堅実経営でコツコツやってきたのを、自分の代でがらりと変えたいんでしょうね。とにかく積極的にという人で、やりすぎるのは、誰の眼にもはっきりしてましたよ。だから、うまくいけばいいが、下手をすれば、引っくり返ると思いましたよ」

「じゃあ、武井さんも、今回のバブルではじけた一人ですか？」

と、亀井がきいた。

「それは、知りません。なにしろ、私自身がはじけちまいましたからね。ただ、私は、ご覧のような零細企業だから、はじければ一巻の終わりですが、向こうは大きな会社です。簡単には潰れないんじゃありませんか」

「武井さんは、女性にも積極的ですか？」

「それはね。何事にもですよ」

と、いって、富永は笑った。

十津川は、改めて、武井という男のことを調べることにした。

年齢四十三歳。五年前、父親が創立した武井工業を引き継いだ。それまでの武井工業は、中堅の工業機械メーカーで、堅実だが、地味な経営方針をとり、借金のない健全経営として有名だった。武井が社長になると、積極的に資金を借り入れ、社名も「株式会社タケイ」とし、単なる機械メーカーからの脱皮を図った。

「もともと信用のある会社でしたから、新しい事業も成功して、社長の武井が希望していた総合会社に成長していくように見えました」

と、亀井が十津川に報告した。

「見えたというと、結局、失敗したのかね？」

「あまりにも、手を広げすぎたということでしょうね。製造部門だけで、事業を拡張している間はよかったんですが、そのうちに、ゴルフ場の経営にまで手を出しましてね。まあ、一時は、タレントまでゴルフ場をやりはじめたんですから、武井が始めたとしても、おかしくはないのかもしれません。奥軽井沢（おくかるいざわ）に、武井は、ハイクラスなゴルフ場を建設し、年収一千万円以上の人だけが会員資格があるということを宣伝文句にしたわけです。一億総中流の時流にのって、この商法が成功しかけたんですが、そのときに、例のバブルの崩壊が来ましてね――」

「結局、失敗したというわけかね？」

「武井自身は、まだ失敗したとはいっていませんが、ゴルフ場の造成は、現在、ストップしています。原因は、やはり資金難ですね」

「それで、今、武井は、何処にいるのかね？」

「会社には出ていませんし、副社長や重役にきいても、居所を教えません。軽井沢に別荘を持っているというので、そこにいるのではないかという声があります」

と、亀井がいう。

「武井は、なぜ、隠れているのかね？　誰かに追われているのかね？」

と、十津川はきいた。

「まだ、はっきりしませんが、ゴルフ場経営に手を出して、かなりの借金を抱え込んだようで、亡くなった父親の創った武井工業本社も、二重、三重の抵当に入っているという噂です」

「それなら、なおさら、社長の武井は東京で仕事をしなければならないんじゃないのかね？」

十津川がきくと、亀井と一緒に聞き込みに行っていた戸倉が、

「たぶん、武井は、例の軽井沢のゴルフ場の会員権を売り捌いているんです。それで、銀行やノンバンクからの借金を払うつもりだったんだと思いますね」

「じゃあ、例によって、一万も二万も前売りしたのか？」

「いや、なにしろ、ハイクラスのゴルフ場が謳い文句でしたし、年収一千万以上の人間

が有資格者といっていましたからね。ただ、それだけに、会員権の値段は二千万です」

「二千万ねえ。それでも買う人がいたのか？」

「場所が軽井沢だし、売り出したころは、まだバブルがはじけていなくて、ゴルフ会員権に価値があったころです。少なくとも、五、六百枚は売ったろうといわれています」

「五百人としても、百億か」

「そうです。ただ、途中でバブルがはじけて、売れなくなった。武井は、少なくとも、二千人には売ろうと計算していたんだと思います。それで借金も返せるし、ゴルフ場も完成できると、計算したんでしょう」

と、亀井がいった。

「それが、駄目になったか」

「そうです。五百人が買ったとして、その会員権は、肝心のゴルフ場ができなければ、紙屑(かみくず)同然です。告訴の話も出ているので、武井は、雲隠れしているんだと思いますね」

「武井と細川みゆきの関係は、どうなんだね？」

「武井がゴルフ場造りに乗り出したとき、細川みゆきが勤めていた中央建設が、世話をしています。それで、中央建設と武井が、関係ができたんですが、彼女は、そのころ、営業部長の秘書をしていて、部長と一緒に武井に会っていたようです」

「それで、二人が、関係ができたか」

「そうらしいです」

「武井には、家族がいるんだろう？」

「妻子がいます。奥さんは、青木代議士の妹です」

と、亀井がいった。

「長野県選出の代議士か？」

「そうです。それで、武井は、奥軽井沢の土地も、簡単に入手できたんだと思いますよ。もちろん、武井から、多額の金が青木代議士に廻ったんだと思います」

「その蜜月時代が終わった今は、どうなってるんだ？」

「夫婦仲も悪くなっているようで、奥さんは、子供を連れて、実家に帰っているということです」

「そして、武井本人は、軽井沢か」

「そうです」

「カメさんと戸倉君は、すぐ軽井沢へ行ってくれ。こうなると、武井に会って話を聞かなきゃならんだろう」

と、十津川はいった。

4

「軽井沢へ行くんですか？」

戸倉は、亀井と二人だけになると、いくらか青ざめた顔できいた。

「警部にいわれたじゃないか。これからすぐ出かけるぞ」

「軽井沢は、信越本線でしたね？」

「そうだよ」

「東京からみて、北ですね？」

「当たり前だろうが。まだ、雪が残ってるはずだ」

「どうしても、私が行かなければいけませんか？　西本や日下では駄目ですか？」

と、戸倉がきいた。

亀井は、じろりと睨んで、

「何をいってるんだ？　身体の具合でも悪いのかね？」

「そうじゃありませんが――」

「私と一緒じゃ嫌なのかね？」

「とんでもありません」

「それなら、すぐ上野（うえの）へ行くぞ」

亀井は、叱（しか）りつけるようにいった。

二人は、捜査本部の四谷署を出ると、電車で上野駅に急いだ。

上野駅に着いたのが、午前十一時過ぎだった。二人は、一一時三〇分発の特急あさま15号に乗った。軽井沢まで二時間足らずである。

九両編成の8号車の自由席に腰を下ろした。が、戸倉は、落ち着けなかった。いやでも、先日、新宿でみてもらった女易者の言葉が、思い出されるからだった。

「カメさん」

「何だ？」

「カメさんは、占いを信じますか？」

「占い？」

と、亀井は眼をむいた。

「突然、占いの話なんか、どういうことなんだ？　占いに凝（こ）ってるのかね？」

「そうじゃないんですが、カメさんは、もし、易者に明日死ぬといわれたら、どうしますか？」

「ちょっと待てよ」

　亀井は、手で制するような恰好をして、じっと戸倉の顔を見ていたが、

「どうもおかしいと思っていたんだが、なるほどな。そういうことだったのか」

「え？」

「易者にいわれたのか？　北に行くと危険だとか、死ぬとか」

「そんなことは、ありません」

　と、戸倉はあわてていった。

「じゃあ、なぜ、突然、占いの話なんかするんだ？」

「今、流行（はやり）だからですよ。それだけです」

「トイレに行ってくる」

　亀井は、急に立ち上がると、通路を6号車のほうへ歩いていった。

　6号車のグリーンには、電話がある。亀井は、その電話で十津川に連絡をとった。

「戸倉刑事のことで、気になることがあります。彼が、最近、占いに凝ってるようなことがありましたか？」

　亀井がきくと、十津川は、

「占い？　ああ、新宿で、よく当たるという女易者に、結婚のことでも占ってもらえ

とすすめたことがあるよ。あの年齢で、まだ恋人がいないというのが、気になってね」

「それかもしれませんね」

「彼は、みてもらったとはいっていたんだが――」

「そのとき、気になることをいわれたんじゃないかと思うんです。彼は、勇気のある男なのに、珍しく軽井沢行きを渋りましたから」

「困ったな。私の責任だ」

と、十津川はいい、

「それにしても、易者にも困ったものだな。人を怯えさせるのは」

「いや。もう、大丈夫だと思います」

「問題の易者に会って、なぜ、そんなことをいったのかきいてみるよ」

と、十津川はかたい口調でいった。

亀井は、電話を切り、8号車に戻ったが、戸倉は、まだ浮かない顔で窓の外を見ていた。

(今の若い奴は、そんなに占いなんかを気にするのか)

と、亀井は思いながら、わざとどしんと座席に腰を下ろした。

「君は、軽井沢は初めてかね?」

「はい」

「私もだ。べつに犯人を捕まえに行くとは思わず、軽井沢の景色を楽しむつもりで行こうじゃないか」

「カメさん。大丈夫ですよ」

「べつに、心配なんかしてないさ。君だって、立派な大人で、立派な刑事だ」

「立派じゃありませんよ」

と、いって、やっと戸倉が笑った。

高崎を出ると、そこまで一緒だった上越新幹線と信越線が、左右に分かれていく。

横川に着くと、そこで後部にEF六三型電気機関車が二両連結され、それに後押しされて、次の軽井沢までの急勾配を登ることになる。

「釜めしを買ってきましょうか？」

と、戸倉がいうのへ、亀井は、

「いや、帰りにしよう。細川みゆきが買ったとしても、帰りに買ったと思うからね」

と、いった。

やがて、後押しされて、特急あさま15号が動き出した。連結された二両の電気機関車のモーターの唸りが、聞こえてくる感じだった。

トンネルに入る。

「軽井沢は、次でしたね？」

と、戸倉はきき、トイレに行ってくるといって、立ち上がった。

「大丈夫かね？」

「よしてくださいよ。立派な大人ですよ」

と、戸倉は苦笑して、通路を歩いていった。

（こっちまで気にすることはないんだ）

と、亀井は思い、窓の外に眼をやった。

昔の線路のあったアーチ橋が下のほうに見える。

またトンネルに入った。トンネルの多い区間である。

勾配が消えて、平らな景色になって、列車は軽井沢駅の構内に入った。

（戸倉の奴、遅いな）

と、思ったとたん、亀井は、急に不安になってきた。

立ち上がって、通路を走った。

列車は、その間にも軽井沢駅に近づき、降りる乗客が、席を立って出口に歩き出す。

亀井は、トイレのドアを叩いた。

返事はない。

ドアを開けた。

そこに、身体をくの字に曲げて倒れている戸倉がいた。

5

乗客が、どかどかとホームに降りていく。

亀井もホームに飛び降りると、そこにいた駅員をつかまえて、

「救急車を呼んでくれ！　車内で人が刺された！」

と、大声でいった。

亀井が、警察手帳を示して、もう一度いうと、駅員はあわてて駆け出していった。

亀井が引き返すと、車掌が青い顔でのぞいている。

「救急車が来るまで、列車を動かさないでください。お願いします」

と、亀井はいった。

「わかりました」

と、車掌が肯いて、連絡に走っていく。

亀井は、血が流れ出ている戸倉の背中を、ハンカチを重ねて強く押えた。

トイレの床は血に染まり、声をかけても、戸倉は返事をしない。

たぶん犯人は、トイレに入ろうとした戸倉の背中を押すようにして、ナイフで刺したのだろう。

(誰が、こんなことを――)

と、亀井は歯噛(はが)みをした。

やっと救急車が駆けつけ、救急隊員が、担架をホームに持ってきた。

戸倉は、近くの病院に運ばれ、すぐ輸血の準備がとられた。しかし、輸血は行われなかった。その前に、心臓が停止してしまったのだ。

亀井は、医者から亡くなりましたといわれても、まるで悪夢を見ている感じで、すべてが信じられなかった。

(とにかく、本部に報告しないと――)

と、思い、ふらふらと待合室の公衆電話のところへ歩いていった。

受話器をとった。が、まだぼんやりしている。頭がじーんと鳴ってくる感じなのだ。

やっと、百円玉を取り出し、十津川に電話した。

「戸倉刑事が、亡くなりました」

と、いったが、十津川も、とっさに意味がわからなかったとみえて、

「何？　今、何といったんだ？」

「私の責任です。戸倉君が列車内で刺されて、亡くなりました。すぐ救急車で運んだんですが、間に合わなくて」

と、亀井はいった。

十津川も、やっと事態がわかったらしく、

「誰が、戸倉刑事を？」

「わかりません。軽井沢が近くなって、彼がトイレに立ったんですが、そのトイレで背中を刺されたんです」

「物盗り（ものと）か？」

「まだ、何もわかりません。これから調べます。必ず犯人を捕まえます」

と、亀井はいった。

手術室に戻ると、医者がいやに冷静な口調で、

「死因は、出血死ですね。それから、いちおう警察へ連絡しておきました。まもなく、軽井沢署からやってきます」

と、いった。

亀井は、それまでに、戸倉の所持品を整理しておこうと思った。物盗り(ものと)の犯行も、考えられるからである。

財布や腕時計は、そのままだった。

(やはり、物盗りの線はないか)

と、思いながら、上着のポケットを調べていた亀井は、胸ポケットに、折りたたんだ紙片が突っ込まれているのを見つけた。

抜き出して、広げた。その眼が、そこに書かれた文字に釘(くぎ)づけになった。

〈Tよ。

よく見ておけ。今度こそ、お前も、同じ目に遭わせてやる〉

戸倉を刺した犯人は、倒れた彼の胸ポケットに、この紙片を突っ込んだのだ。

亀井は、警察手帳を出した。四谷の細川みゆきのマンションで、バスルームに書かれた口紅の文字を書き写してある。それと比べてみた。

「今度こそ」の文字だけが、付け加えてあるのがわかった。筆跡は、同一人かどうか、わからない。

「ここに、ファクスがありますか？」

と、亀井は看護婦にきいた。

亀井は、もう一度、十津川に電話をかけ、問題のメモをファクスで送った。

その間に、軽井沢署から、刑事たちがやってきた。

亀井は、彼らに事情を説明し、メモを見せたあと、

「軽井沢にいると思われる武井鉄次郎を探すのに、協力してください」

と、頼んだ。

持参した武井の顔写真も、県警の刑事たちに渡した。

「探してみましょう」

と、刑事たちが約束した。

戸倉の遺体は、病院で解剖されることになった。

夕方になって、十津川が東京から駆けつけた。

「西本と日下刑事が、新宿歌舞伎町で、例の女易者を探している」

と、十津川はいった。

「何か関係があると、お考えですか？」

「わからないが、気になってね」

と、十津川はいった。気になるというより、責任を感じていたといったほうが正確かもしれない。何といっても、戸倉に易者にみてもらえといったのは、自分だったからである。

十津川と亀井は、軽井沢駅近くのホテルに、泊まることにした。

夜になって、軽井沢署の赤木（あかぎ）刑事が、わざわざそのホテルに来てくれた。

「旧軽井沢に、たしかに武井鉄次郎名義の別荘がありますが、応答がありません。殺人容疑者なら、令状をとって、中に入ってみるんですが、今の段階では、それができないので、家の中がどうなっているのか、確かめようがありません」

と、赤木はいった。

「明日、そこへ連れていってください」

と、十津川は頼んだ。

赤木が帰ったあとで、東京の西本刑事から電話が入った。

「例の女易者ですが、名前は小笠原涼子（おがさわらりょうこ）。三十五歳。ＯＬからクラブのホステスになり、易者になった女です。ホステス時代は、売れっ子だったようです」

「会えたのか？」

「それが、いなくなっています」

「いない？」

「はい。目白のマンションに住んでいるんですが、管理人や隣室の女性の話だと、旅行に出たらしいというのです」

「何処へ？」

「それが、奇妙なことに、軽井沢へ行ったんじゃないかというのです」

「軽井沢？」

　自然と、十津川の顔が緊張する。

「そうです。軽井沢なんです。なんでも、彼女は軽井沢に別荘を持っていて、そこへ行ったんじゃないかと」

「彼女、いつから易者になったんだ？」

「一年半ほど前です。これは、彼女が働いていた銀座のクラブのマスターの話ですが、ホステス時代から占いに凝っていて、易の勉強をしていたようです。お客の手相をみたりして、人気があったといっていました」

「そのクラブだがね。ひょっとして、彼女が働いていたころ、武井がよく行っていたんじゃないかね？」

「すぐ、調べてみます」

と、西本はいった。

十津川は、電話を切ると、亀井に向かって、

「易者の名前は、小笠原涼子らしいが、彼女も軽井沢と結びついていたよ」

「警部は、彼女のことを、誰かに紹介されたんですか？」

「大学時代の友人だよ。三日前だったかな。たまたまそいつに会ってね。夕食に誘われた。いろいろと話をしているうちに、戸倉君のことに話がいった。私が、どうもガールフレンドができなくて、悩んでいる男がいるんだがといったら、池内（いけうち）というその友人が、よく当たる女易者のことを教えてくれたんだ。若者に人気があるというので、まあ戸倉君を勇気づけてくれればいいなと思って、彼にみてもらったらと、すすめたんだよ。私は、あまり、占いは信じてないんだが、一つのきっかけになって、戸倉君に恋人ができればいいと考えてね。彼は、どうも、女性に対して、積極さが欠けていたからね」

「その易者に、戸倉君は、北へ行くのは危険だといわれたらしいのですが、なぜ、そんなことをいったんですかね？　本当に、易に出ていたんでしょうか？」

と、亀井がきいた。

「カメさんは、占いを信じるかね？」

「警部と同じで、あまり信じませんが、まったく当たらないともいえませんね。荒唐無稽なものなら、こんなに続くはずがありませんから。なにしろ中国の易学は、何千年も続いているわけでしょう」

「たしかに、そうなんだが――」

「何か、引っかかりますか?」

「ああ、問題の易者まで、軽井沢につながっているとね」

「しかし、その小笠原涼子という女易者が、戸倉君をみたのは、偶然でしょう? それなら、何か思惑があって、北は危険とはいわないと思いますが」

「そうなんだが、ひょっとして――」

十津川の表情が、暗くなった。彼は、十何年ぶりかに会った池内のことを思い出していた。池内は、大学を出て、通産省に入ったのは知っていたが、三日前に会ったときは役所を辞めて、今はコンサルタントをやっているといった。羽振りはいいようだが、何か崩れた感じも受けた。彼のやっているコンサルタント業がどんなものかわからないのだが、得意先の信頼を得るために、いろいろと手をつくさなければならない。たとえば女を抱かせるとか、コンサルタント料の中から、バックマージンを出すといったこともやる必要がある、ともいっていた。

「なにしろ、個人企業だからたいへんだよ」

と、池内は笑っていたが、ひょっとすると、彼は、小笠原涼子という女易者と、個人的に親しかったのかもしれない。

もし、そうだとすると、彼は、涼子に、明日あたり、戸倉という刑事がみてもらいに行くと、前もって伝えておいたということだって、考えられるのだ。

(知っていて、北は危険だと告げたということは――)

「だまされたんですか？」

と、亀井が心配そうにきいた。

「いや、大丈夫だよ」

十津川は、いったが、池内の名刺がポケットに入っていたのを思い出し、取り出して、自宅に電話をかけてみた。

奥さんが出て、池内は旅行に出ていますという。

「至急、連絡をとりたいんですが、行き先はわかりませんか？」

と、十津川はきいた。

「仕事で日本じゅうを廻りますので、何処へ行っているのか、わかりませんわ。電話があったら、お伝えしますけど」

それだけだった。

二時間ほどして、電話が鳴ったので、池内かと思ったが、西本刑事だった。

「今、銀座のクラブにいます。小笠原涼子がいたクラブです。警部のいわれたとおり、武井がよく来ていたそうです。それと、もう一人、気になる男が常連だったといいます」

「それ、富永じゃないか？　不動産屋の」

「そうです。武井のお供みたいな感じで、よく来ていたといっています。最近は、まったく顔を見せなくなったといっていますが」

「武井も、最近は、来なくなっているのか？」

「そうです。ママさんの話では、武井は、店に来ると、奥軽井沢で造成中のゴルフ場の会員権を、常連の客に売っていたそうです。それで、来にくいんだろうといっていますね」

「池内秀伍（しゅうご）という男が、その店によく来てなかったかどうかも、きいてみてくれ。年齢は四十歳で、経営コンサルタントをやっている」

「今、きいてみます」

と、西本はいい、十津川が待っていると、五、六分して、

「その男も、ときどき来ていたそうです。ホステスの小笠原涼子と親しかったみたいですね。それから、池内という男は、武井社長とも、親しかったみたいで、提灯持ちをしていたといっています」

「提灯持ち？」

「ええ。武井が造っていたゴルフ場は、絶対に安心で、会員権も必ず値上がりすると、クラブの常連客に吹き込んでいたみたいですね」

「それでは、今は、その店に行きにくくなっているわけだね」

「このところ、見かけないといっていました」

「小笠原涼子は、どうなんだ？　易者になってからは、その店に行ってないのか？」

「いえ、彼女も、ときどき顔を見せていたそうで、そのときには、金持ちの客を選んで、例のゴルフ場会員権をすすめていたようです。たぶん、武井に頼まれていたんじゃありませんか」

「彼ら自身も、買っていたかもしれないな。ゴルフ場会員権をね」

「その可能性はありますね。ママもすすめられて、二口買ったそうですが、そのとき、小笠原涼子は、自分も買ったといっていたようですから」

と、西本はいった。

ばらばらに見えていた人間たちが、一点に集中してきたような気がした。中心に、武井がいる。その周囲に、殺されたと思われる細川みゆき、ホステス出身の易者の小笠原涼子、それに経営コンサルタントの池内、一度しか会ったことがないと嘘をついた富永がいる。

彼らは、武井に対して、愛憎の両方を持っているのではないのか。バブルがはじける前は、武井から、いろいろと恵みを受けていたはずである。だが、今は――。

翌日、十津川と亀井は、赤木刑事に案内されて、旧軽井沢にある武井の別荘に出かけた。

アメリカ式の郵便受けが、その別荘への入口に置かれているのだが、「武井」という表札には紙が貼りつけてあった。

パトカーに乗ったまま、林の間の道を入っていき、和風の建物の入口に着いた。

赤木刑事のいうとおり、建物の中は、ひっそりと静まり返り、窓にはカーテンがかかっていて、中の様子がわからなかった。

十津川たちは、パトカーを降り、カーテンの隙間からのぞき込んだ。

「明かりがついていますよ」

と、亀井がいった。

十津川は、玄関のベルを押してみたが、返事がない。

（強引に、押し込むか）

と、十津川が考えていると、勝手口に廻っていた赤木が、大声で十津川を呼んだ。

十津川と亀井が駆け寄ると、

「変な臭いがします！」

と、赤木がいう。

「何か、焼けてるんだ」

亀井が叫んだ。たしかに焦げ臭い。

十津川も、顔色を変えた。

「中に入るぞ！」

と、十津川がいい、亀井が、勝手口のドアに手をかけたとき、突然、家の中が真っ赤になった。

炎だった。ごおッという激しい音がきこえた。

「一一九番してください！」

と、十津川は赤木刑事に向かって叫んだ。

赤木が、パトカーに駆け戻る。十津川と亀井は、ドアを叩きこわして、建物の中に飛び込んだ。が、猛然と吹き出してくる炎と白煙に、たちまち押し返されてしまった。

二人は、玄関に廻った。が、こちらも火が廻って、中へ入ることができない。風が強いので、燃えやすいのだろう。

建物全体が炎に包まれ、火の粉が舞い落ちてくる。たまらず、十津川たちは、十五、六メートル引き退がった。

消防車は、なかなか来ない。和風の建物は、容赦なく燃え落ちていく。音を立てて、柱が燃えながら倒れ、屋根瓦が落下してきた。

消防車が駆けつけたときは、すでにあらかた燃え尽きてしまっていた。勝手口では、強烈なガソリンの臭いがしたから、ガソリンをぶちまけておき、時限装置で発火させたにちがいない。

「間違いなく、放火だな」

と、十津川は呟いた。

焼け跡から、死体が、二つ見つかった。辛うじて男女とわかる二体である。

男の焼死体の左手の小指に、金の、家紋の入った指輪がはまっていた。家紋は、下がり藤である。

女の焼死体の薬指には、五カラットぐらいのダイヤの指輪がついていた。

その二つの指輪を外してから、死体は解剖に廻された。

十津川たちは、軽井沢警察署に行き、署長に二つの指輪を見せた。

「死体にも、たぶんガソリンをかけていたと思います。そのため顔はわかりませんが、血液型は、まもなく判明します。また、この指輪が、身元確認の役に立ってくれると考えています」

と、十津川はいった。

二つの指輪は、すぐ東京に送られて、持ち主を調べることになった。

解剖の結果が出た。

女のほうは、推定年齢二十五、六歳。血液型はAB型。背中に刺傷があり、死亡推定時刻は、三日前の午前四時から六時までだという。

男は、推定年齢四十歳から四十五歳ぐらい。血液型はB型。首を絞められた形跡があり、死亡推定時刻は、昨日の午前二時から四時。

男女で、死亡時刻が、二日、違うのだ。

二つの指輪について、東京の西本から返事があった。そのいずれも、十津川の予期したものだった。

男の指にあった金の指輪は、武井が特別に作ったもので、武井家の家紋は、下がり藤である。

　女の五カラットのダイヤの指輪は、細川みゆきが、銀座の貴金属店で一年前に買ったもので、そのとき、武井と思われる男が一緒で、男が現金五百万円で買っている。まだ、バブルが消えないころである。

6

　軽井沢署には、特急あさま15号の車内における殺人事件の捜査本部が設けられていたが、別荘での殺人、放火事件の捜査本部も、合わせて設けられた。

　その第一回の捜査会議には、十津川と亀井も出席し、東京からの回答を報告した。

「女の焼死体は、東京で刺された細川みゆきに間違いないと思います。年齢も、血液型も一致していますし、三日前に刺殺された点も、合致します」

「東京で殺された女が、なぜ、軽井沢の別荘で発見されたのか、その点はどう解釈していますか？」

　と、捜査本部長の片山がきいた。

「武井は、細川みゆきと関係がありました。ゴルフ場会員権のことで、多くの人間に損をさせながら、自分は、若い細川みゆきといちゃついている。それで、恨みを買っていたと思うのです。恨んでいた一人か、あるいは二人かが、みゆきのマンションで、彼女を殺しました。武井の行方がわからないので、彼女にそれを問い詰めていて、カッとして刺したのではないかと思います。犯人は、そのあと、バスルームの鏡に、そこにあった口紅で武井に対する脅迫文を書き残しました」

「それで？」

「あとから、武井がマンションを訪ね、みゆきの死体と鏡の文字を発見して、びっくりしたと思います。武井は、軽井沢に隠れていて、その日か前日、東京に戻っていたものと思います。横川の釜めしの容器が、二つ流しにおいてあったからです。あるいは、みゆきと一緒に帰京していたのかもしれません。とにかく、武井は、死体を何とかしなければと考えました。普通なら、当然、すぐ一一〇番するところですが、彼には、後ろ暗いところがありますからね。それに、自分が警察に疑われかねない。そこで、死体を隠すことにし、毛布で包み、車に積んで、軽井沢へ向かったんだと思います」

「しかし、なぜ、何処かに埋めずに、別荘に置いたんだろう？」

と、片山本部長がきく。

「ひとまず別荘に置いて、何処かに埋める気だったんだと思います。ところが、それより先に、犯人たちがやってきたんでしょうね」

「犯人たち？」

「私は、不動産屋の富永、経営コンサルタントの池内、それに易者の小笠原涼子の三人と考えています。いずれも、武井にゴルフ会員権を買わされて、大損をしています。彼らが協力して、まず細川みゆきを殺し、続いて軽井沢に押しかけて、武井を殺して、火をつけたとみています」

と、十津川はいった。

「特急あさま15号の車内で、戸倉刑事を殺したのも、その三人と、君は考えているのかね？」

「そう思っています」

「なぜ、彼らが戸倉刑事を殺したのかな？　べつに何の恨みもなかったんだろう？」

「ありません。ただ、池内は、私に会ったとき、易者の小笠原涼子にみてもらえといいました」

「なぜ、そんなことをいったのかね？」

「彼は、そのとき、すでに軽井沢へ行き、武井を捜し出して、損害を取り戻そうと考えていたにちがいないのです。あるいは、憎しみから、殺してやりたいと思っていたかもしれません。そんな気持ちが、警察に軽井沢に来てもらっては困る、という思いを持たせたのだと思います。そこで、恋人ができるかどうか占ってもらいに行った戸倉に対して、易者の小笠原涼子は、北へ行くと危険だと、脅迫したんです。もちろん、池内がいわせたんだと思いますね」

「なるほどね。しかし、だから、特急あさま15号の中で殺すというのは、ちょっと考えられないがね」

片山本部長が、首をかしげた。

「あの日、池内と小笠原涼子は、同じ列車で軽井沢に向かったのではないかと思うのです。あるいは、富永も一緒だったかもしれません。目的は、軽井沢に逃げているらしい武井を捜し出すことです。もちろん、同じ列車に、亀井刑事と戸倉刑事が乗っていることは、知らなかったでしょう。軽井沢が近づいて、戸倉刑事がトイレに立ちました。そして、トイレの近くで、小笠原涼子とばったり会ったのではないかと思うのです」

「続けてくれたまえ」

「戸倉刑事は、びっくりして、声をかけ、本当に北へ行くのが危険なのかと、問いつめたと思います。涼子のほうは困惑した。すでに細川みゆきを殺し、これから武井を見つけに行く途中ですからね。武井を殺しても、すぐ自分が疑われてしまう。軽井沢へ行く列車に乗っているのを、刑事に見られたわけですからね。困っているところへ、池内か富永が、来たんじゃないかと思うのです。そして、どちらかがトイレに押し込んで、戸倉刑事を刺したんだと考えます」

と、十津川はいった。

「彼らは、ナイフを持ち歩いていたわけだね？」

「すでに、東京で細川みゆきを殺し、軽井沢で武井を見つけたら、殺してもいいと考えていた連中ですから、ナイフを持ち歩いていたとしても、おかしくはありません」

と、十津川はいった。

十津川の意見に対して、反論はなかった。

すぐ、池内、富永、小笠原涼子の三人の写真が大量にコピーされ、それを持って、刑事たちが聞き込みに走った。

その一方、三人が立ち廻りそうなところへの手配も行なわれた。

十津川にとって苦々しいのは、容疑者の中に、大学時代の友人がいることだった。

池内の大学時代の友人たちを手配するということは、当然、十津川の友人たちを手配するということなのだ。

協力的な友人もいるが、なかには、意地悪く、電話してきて、

「同窓じゃないか。眼をつむって、逃がしてやれよ」

と、いう者もあった。辛いのは、そんなときだった。

三人は、なかなか見つからなかった。軽井沢周辺の聞き込みも効果がなかったし、
全国指名手配にしたが、同じだった。

十津川と亀井は、軽井沢署にとどまっていたが、赤木刑事が、ふと、

「話があるんですが――」

と、遠慮がちにいった。

「事件に関係のあることですか？」

「ええ。あの別荘が燃える前日に、見に行ったんです」

「それは、聞きましたよ」

「じつは、そのとき、茶色のジャガーが、建物の脇に停めてあったんです。それを申
しあげるのを忘れてしまって」

「本部長に、いいましたか？」

「報告しました。おくれましたが」

「それで、本部長は？」

「叱られましたが、そのジャガーは武井のもので、三人の犯人が、逃げるのに使ったのだろうと」

「それは、私も賛成ですね」

と、亀井がいった。

「しかし、そのジャガーは、クーペタイプだったんです」

と、赤木はいう。

十津川は、難しい顔になって、

「つまり、二シートということですか？」

「無理すれば、三人乗れるでしょうが――」

「無理すればねえ」

十津川の表情が、変わった。

「その車は、手配したんですか？」

と、亀井がきいた。

「本部長が、手配しました。あまり台数のない車だから、すぐ見つかると思っているんですが」

と、赤木はいった。

だが、問題の車は、いっこうに見つからなかった。犯人たちが、その車で東京まで逃げてしまったのか？　それとも、何処かで処分してしまったのだろうか？

「カメさんは、どう思うね？」

十津川は、遠慮のない仲で、亀井の意見をきいた。

「車のことですか？」

「それと、犯人たちが見つからないことについてもだよ」

「手配が後手に廻ったことは、否定できません。犯人たちは、あの別荘に死体を二つ並べ、ガソリンを撒いてから、時限発火装置で、放火しました。何時間のタイマーにしたのかわかりませんが、五時間なら、連中は、東京どころか、北海道、九州まで逃げられるわけです。われわれが手配したときには、犯人たちは、北海道へ行ってしまっていたのかもしれないんですよ。なかなか、見つからなくても、当然ではないんでしょうか？」

と、亀井はいった。

「車も同じか？」

「車で途中まで逃げ、そこからは、車を処分して、飛行機を使って、北海道、九州へ逃げたんだと、みていますが」

「車は、池にでも沈めたかな？」

「そうです。軽井沢からだとすれば、東京には逃げず、名古屋か、北へ抜けて新潟へ出て、そこから飛行機に乗ったということだって、考えられます。新潟へ出たとすれば、車は、日本海に沈められますよ」

「各空港にも、県警が手配したと思うよ」

と、十津川はいった。

彼の思ったとおり、県警は、犯人たちが飛行機を使ったことも考えて、各空港にも照会した。が、それでも、三人の行方はつかめなかった。

7

「カメさん。奥軽井沢へ行ってみないか」

と、ふいに十津川がいった。

「奥軽井沢というと、例のゴルフ場ですか？」

「そうだよ。殺人事件の原因になった場所だ」

と、十津川はいった。

十津川は、県警の車を借りては悪いと思い、レンタ・カーを走らせた。

群馬県に近い高原地帯で、車を走らせていくと、「タケイカントリー」の大きな看板が眼に入ってきた。

「軽井沢を代表するゴルフコース」とか、「このコースは、エリートのあなたにだけ利用していただきます」といった、おいしい文句が並んでいる。

だが、着いてみると、削り取った山肌は、むき出しのままで放置され、ブルドーザーが二台、赤錆びて置かれていた。

建設作業員が、泊まり込んでいたと思われるプレハブ住宅には、人の気配はない。

十津川と亀井は、車を降りて、赤土の斜面を登っていった。

広大な敷地である。だが、芝生の植えられていない、掘り起こされたままの土地は、むしろ醜く見えた。

「二千万円の会員権を買わされた人たちは、この景色を、どんな気持ちで見るんですかね？」

と、亀井がいった。

「何とか、完成してくれればいいと思うだろうが、無理だろうね」

「大半の人たちが、武井を告訴するといっているそうですね。新聞に出ていました。

被害者同盟を作り、弁護士に頼んで、告訴すると」

「まあ、そうだろうね。相手を殺そうと考えるのは、ごく少数だよ」

「肝心の相手が死んでしまっても、告訴する意味があるんですかね？」

と、亀井がきいた。

それに対して、十津川は、何かいいかけたが、急に傾斜面を駆けおりていった。

亀井が、驚いてそのあとを追った。

十津川が駆け寄ったのは、放置された二台のブルドーザーの片方のところだった。

「どうされたんですか？」

と、亀井が息を弾ませて、十津川にきいた。

十津川は、黄色いブルドーザーの車体を見廻していたが、

「向こうのブルドーザーと比べて、何かおかしいとは、思わないかね？」

と、亀井にきいた。

「何か、おかしいですか？」

「キャタピラを見ろよ。向こうのキャタピラに付いている土は、乾いてボロボロだが、こっちのキャタピラの土は、まだ水気があって、粘っこい。色も違う」

「どういうことでしょうか？」

「誰かが、最近、このブルドーザーを動かしたんだよ」

と、十津川はいった。

「しかし、造成工事は、かなり前に中止になっているはずですよ」

「動かしてみよう」

と、十津川はいい、運転席にあがっていった。

ブルドーザーの走ったとおりに、キャタピラの跡がついている。

十津川は、亀井も横に乗せ、慎重にブルドーザーを前進させた。キャタピラの跡を辿(たど)るようにして、動かす。

キャタピラの跡は、雑木林(ぞうきばやし)の方向に続いている。

「どこまで行くんですかね？」

亀井が、前方を見ながら、呟く。

雑木林の横を抜け、ぐるりとその背後に廻っていく。プレハブも看板も、見えなくなった。

前方に土手が見えた。そこで、行き止まりである。

「どうしますか？」

と、亀井がきく。

「よく見ろよ。キャタピラの跡が、入り乱れてついている。ここで、何か、ブルドーザーで作業したんだよ。崖を崩すとか、埋め立てるとかだ」

「土の色も、キャタピラに付着していたのと同じですね」

「それも、ごく最近だ」

と、十津川は眼を光らせていった。

「どうしますか？」

「掘り起こしてみるさ」

「しかし、これは、ブルドーザーで、掘削機じゃありませんよ」

と、亀井がいう。

「掘削機は、ないかな」

「探してきます」

と、亀井は、作業所のほうへ駆け出していった。

しばらくして、小型の掘削機に乗って、亀井が戻ってきた。

「これなら掘れますが、警部は、何が埋められていると思うんですか？」

と、大声で亀井がきく。

「カメさんの考えているのと、同じものだよ」

と、十津川も大声でいった。

「じゃあ、慎重にやらなければいけませんね」

亀井が、運転しながらいった。機械の爪が、赤土を掘り起こしていく。

十津川は、ブルドーザーから降りて、地面を見つめていたが、突然、

「ストップ！」

と、怒鳴った。

地中から、明らかに人間の手とわかるものが、突き出て見えたからである。

亀井も、じっと上から見下ろしている。

「男の手ですね」

「他にも、埋まってるはずだ」

と、十津川はいった。

二人は、もう一度、作業場に引き返し、スコップを探し出して、それで慎重に掘ることにした。

少しずつ、男の身体（からだ）が出てくる。コートにくるまった富永だった。ブルドーザーで強引に埋めたためか、身体を包んだコートが、引きちぎられてしまっている。

また、掘削機が活躍を開始した。今度は、女の死体が出てきた。土にまみれた顔は、

易者の小笠原涼子に間違いなかった。

亀井は、なおも掘っていった。

だが、このあとは、いくら掘っても、死体は出てこなかった。

「終わりですね」

と、運転を止めて、亀井がいった。

二人は、地面に降り立ち、そこに並んだ男女の死体を見下ろした。

「後頭部を、殴られてるね」

と、十津川がいった。

「胸も刺されています。たぶん背後から殴っておいて、刺殺したんでしょう」

「そうだな」

「犯人は、三人ではなくて、一人だったことになりますね。池内という——」

「いや、彼じゃないな。べつに大学のクラスメイトだったから、かばおうとしているんじゃない。池内が犯人なら、この造成地に運んできて、埋めることは、考えつかなかったと思うからだよ。第一、そんなことをする必要もないんだ」

と、十津川はいった。

「すると、犯人は？」

「あと、一人しか残っていないじゃないか。しかも、その人間は、この造成地に詳しいんだ」

と、十津川はいった。

「武井ですか？」

「ああ、そうだ。彼には、死体を埋めなければならない強い理由がある。他の人間には、ないんだよ」

「それは、どんな理由ですか？」

「ゴルフ会員権のことで、武井は加害者であり、他の三人は被害者だからだよ。武井は、そのことで、三人以外の何百人にも告訴されたり、非難されている。姿を消したかったにちがいないのさ」

「自分が殺されたことにして、身を隠すということですね？」

「ああ。絶好のチャンスだったというわけさ」

と、十津川はいってから、

「すぐ、東京に戻ろう。調べなければならないことがあるんだよ」

「何をですか？」

「筆跡だ。例の脅迫文の筆跡の鑑定結果を、まだきいていない」

と、十津川はいい、ゴルフ場造成地で、二つの死体が見つかったことを、片山本部長に知らせておいて、十津川と亀井は、東京に戻った。

細川みゆき、富永の二人の筆跡は、鑑定に廻してある。

問題の脅迫文は、この二人のものではなかった。

十津川は、池内と小笠原涼子の書いたものを探してきて、照合してもらった。結果は、二人とも、違っているという回答になった。

「やはり、残るのは武井だ」

と、十津川は亀井にいった。

「武井が、書いたということですか？」

亀井が、半信半疑の顔できいた。

「そのとおりだよ。つまり、細川みゆきを殺したのも、武井ということになってくるんだ」

「まさか――？」

と、十津川はいった。

「武井にとって、細川みゆきは、重荷になっていたんじゃないかね。最初は、彼女の美貌に惚れて連れ歩き、いろいろと買ってやっていた。ダイヤの指輪やマンションをだよ。だが、逃げ隠れするようになった武井には、面倒な存在になった。金はかかるし、いつ、武井の居場所を、富永たちに話すかもしれない。そこで、彼らの犯行に見せかけて、殺すことを考えた。横川の釜めしを二つ、土産に買って、みゆきのマンションに行き、一緒に食べ、油断させておいて、刺殺した。そのあと、あの脅迫文を書き残し、死体を乗せて、車で逃げたんだよ」

「なぜ、あんな脅迫文を、残したんでしょうか？」

「危険な三人を軽井沢に誘い出すためさ。脅迫文には、軽井沢の文字はなかったが、キッチンの流しには、横川の釜めしの丼が二つ置かれている。それに、武井の別荘が軽井沢にあることは、三人とも知っていたからね」

「では、特急あさま15号の車中で、戸倉刑事を殺したのも、武井ということになってきますか？」

「そうなってくるね」

「しかし、なぜ、どうやって、武井は、戸倉刑事を殺したんでしょうか？」

「易者の小笠原涼子と戸倉君が、車内で出会ったのは、前に話したとおりだと思う。ただそこに通りかかったのが、池内や富永じゃなくて、武井だったのさ。二人のやりとりから、武井は事情がわかる。しかも、片方は、自分が殺したいと思っている小笠原涼子だ。武井は、彼女が立ち去るのを待って、トイレの中で戸倉刑事を殺した。それだけでは、自分の計画に合わないというので、メモに例の脅迫文と同じ感じの文章を書き、戸倉刑事の胸ポケットに押し込んだ。あくまでも、狙われているのは、自分だと思わせておくためにだよ」

と、十津川はいった。

「武井は、今、何処にいると思われますか？」

亀井が、きいた。

「まだ、海外には逃げてはいないだろう。彼は、事業に失敗し、会社は抵当に入り、ゴルフ場も駄目になった。だが、金は持っているはずだ。なにしろ、二千万円の会員権を五、六百枚、売ったということだからね。その金を持って、しばらく国内にひそみ、ほとぼりがさめたころ、海外へと考えていると思うね。まだ、計画がばれていなくて、自分は、死んだことになっていると、信じているだろうから、他人になりすまして、海外へ行くかもしれない」

「しかし、いぜんとして、彼の車は見つかっていませんよ。それをどう思われますか？」

と、亀井がきいた。

「見つからないところに、車があるということだろう」

「何処ですか？」

「たとえば、フェリーの船倉」

と、十津川はいった。

「新潟（にいがた）から、フェリーが出ていましたね」

亀井が、大声を出した。

すぐ、時刻表で調べた。

新潟と小樽（おたる）の間に、長距離フェリーが出ている。午前一〇時三〇分に出港し、小樽には二日目の午前四時に着く。

十津川は、長野県警と小樽署に、電話をかけた。

この推理が正しければ、今ごろ、武井は、北海道にいる。

翌日、武井は、北海道の知床（しれとこ）で逮捕された。

問題のジャガーのクーペタイプを運転していたためである。

なぜ、同じ車を運転していたのか、その理由は、車をばらばらにしてみてわかった。

車の座席の下やトランクなど、いたるところに、百億円近い札束や小切手類が、隠されていたからだった。

石勝高原の愛と殺意

1

三田村（みたむら）は、新婚一年目の休暇を、北海道で過ごすことに決めた。

三田村は、警視庁捜査一課の若い刑事である。去年の十月に、交際の長かった吉田（よしだ）あやかと結婚したが、事件に追われて、新婚旅行に行けなかった。

年が明けて、二月初めに、やっと、三日間の休暇がとれた。あやかと、どこへ行こうかと迷っている時に、警部の十津川に、

「北海道に、スキーに行って来たらどうかね？」

と、いわれた。

「実は、家内と二人で、招待されていてね、ホテルの予約もしてくれているんだ。休

暇がとれたら行く気だったが、駄目(だめ)でね。代りに、君たち夫婦が行ってくれたらと、思うんだよ」

「いいんですか？」

「いいどころか、その方が、ホテルの予約が、無駄にならなくて、有難(ありがた)いよ。旅費はこっち持ちだが、ホテル代は、招待してくれた人が、払ってくれる。札幌と、トマムに一泊ずつだ」

と、十津川はいった。

「トマムって、知らないんですが」

三田村は、北海道の地図を、頭の中に思い出しながら、きいてみた。

十津川は、微笑して、

「実は、私も、知らなくてね。招待されてから、あわてて調べたんだが、札幌から、列車で一時間半ぐらいのところだ。昔は、石勝高原(せきしょうこうげん)という駅だったのが、トマムという妙な名前に変わったらしい。全く(まった)の原野だったところに、ホテルが建って、スキー場が作られた。とにかく、広いスキー場だということだよ」

と、教えてくれた。そういわれれば、三田村も、週刊誌か何かで、トマムという名前を見たことがあり、その時、いかにも、北海道らしいと思ったのだ。

家に帰って、あやかに話すと、南国四国に生まれ育った彼女は、スキーの経験がなく、一度、やってみたかったと、喜んだ。

「招待してくれた人には、私の方から、連絡しておくよ」

と、十津川にいわれて、二人は、二月六日、羽田から、千歳に向かった。

羽田では、千歳が、雪で、着陸できないかも知れないというアナウンスがあって、心配だったのだが、意外に、着いてみると、千歳の上空は晴れていて、羽田に引き返さずにすんだ。

「僕たちは、ついてるよ」

と、三田村は、嬉しそうに、いった。

空港滑走路は、積もった雪を、完全に除雪していたが、札幌行のバスに乗ったとたんに、周囲は、深い積雪の景色に変わった。

バスは、雪煙りをあげて、ハイウエイを、札幌に向かう。

あやかは、窓ガラスに、顔を押しつけるようにして、

「素敵だわ！」

と、感嘆していた。

「四国じゃ、雪は見なかったのかい？」

「見なかった。東京へ出て来て、初めて雪を見たの。それも、一日で溶けて消えるような雪だから、こんなすごい雪景色は、初めてだわ」

「トマムは、もっとすごいらしいよ」

と、三田村は、いった。彼だって、東京の育ちだから、雪の中の生活をしたことはない。大学時代、四回ほど、スキーに、志賀（しが）や、赤倉（あかくら）に出かけたことはあるが、北海道の冬は、初めての体験である。

札幌まで、一時間足らずの間、どこも白一色の景色である。陽（ひ）が当たっているのに、突然、粉雪が舞って、視界がさえぎられたりする。

バスの中は、若いスキー客が、ほとんどだった。

三田村たちも、北海道行が決まってから、神田（かんだ）の神保町（じんぼうちょう）へ行き、新しいスキーウエアなどを買っていた。

バスが、札幌市内に入ると、さすがに、市内の通りは、除雪されている。それでも、どのビルの屋上も、白く雪が積もり、道路の端には、除雪された雪が、高く積みあげられ、それが、凍りついている。

駅前で、バスを降り、二人は、ホテル「サッポロ」まで歩いて行った。

駅から、七、八分のところにあるホテルである。歩道のアーケイドの下は、雪もなく、平気で歩けたのだが、交叉点を渡るために、アーケイドの下から車道に出ると、とたんに、アイスバーンのような足元のため、三田村も、あやかも、見事に、ひっくり返った。

あやかが、大きな悲鳴をあげたので、地元の人たちが、笑っている。

転ぶのは、観光客だけなのだ。

三田村も、二回ほど転倒し、しかめ面をしながら、ホテルに入った。

昼少し前だったので、二人は、チェック・インする前に、最上階十一階のレストランで、昼食をとった。

回転式のレストランで、ゆっくりと回りながら、札幌の景色を楽しむことが出来る。

「また、雪だわ」

と、あやかがいったのは、陽がかげって、粉雪が、舞い始めたからである。今頃の北海道の気象は、くるくる変わるのだろう。

食事をしている間に、まるで、泡雪みたいになって、視界がきかなくなった。と思うと、また陽が射して、降った新雪が、きらきら光って、眩しくなる。

昼食をすませて、一階のロビーに降り、フロントで、名前を告げると、

「三田村様ご夫妻ですね。うけたまわっております」

と、フロント係が、にこやかにいった。

案内されたのは、十階のスイート・ルームだった。応接室のついている広い部屋に、あやかが、思わず、笑顔になった。

「十津川さんを招待した人って、きっと、お金持ちなのね」

「ちょっとした知り合いだって、警部は、いっていたがねえ」

と、三田村は、いった。

ひと休みしてから、近くのスキー場に、ホテルのバスが出ているというので、二人は、スキーをかついで、乗ることにした。

ホテルからバスで一時間ほどのスキー場で、経営しているのは、同じホテル系の会社だということだった。

生まれて始めて、スキーをやるあやかが、きゃあきゃあと、歓声をあげて楽しみ、三田村の方が疲れて、ホテルに戻ったのは、午後六時近く、もう、暗くなっていた。

部屋に入ると、テーブルの上に、花が飾られ、カードが添えられていた。

「僕たちを、新婚と思ったのかも知れないね」

と、三田村は、ニヤニヤした。

「気がきいてて、こういうの好きだわ」

と、あやかは、いい、カードをつまんで、広げた。が、とたんに、眉(まゆ)を寄せて、

「何なの？　これ」

「何だい？」

と、三田村が、そのカードを、手にとった。

〈白い雪に、真っ赤な血、きれいですよ〉

カードには、そう書いてあった。

2

三田村は、カードを持って、一階に降りて行った。

フロントに、それを見せると、相手も、顔色を変えて、

「これは、何かの間違いです」

「僕も、そうだと思うけど、花に、添えられていたのは、事実なんだ。あの花束は、このホテルが、用意してくれたものでしょう？」

と、三田村は、きいた。

「そうです。スイート・ルームのお客様には、必ず、花束を、差し上げることになっています」

「カードも、つけるんですか？」

「はい。ここに、いつも、用意してあります」

と、フロント係はいい、奥から、数枚のカードを、取り出して来て、三田村に見せた。

このホテルの名前の入ったカードで、それには、次のように、印刷されていた。


〈札幌へようこそ。良い旅でありますようにお祈り致します。

ホテル「サッポロ」支配人〉

まあ、普通の文句だろう。それが、ボールペンで書かれた妙なカードと、なぜ、すり代わってしまったのだろうか？

「今日、スイート・ルームの客は、僕たちの他にも、いるんですか？」

と、カードを、返してから、三田村は、きいた。

「そうですね、他に、三組の方が、お泊まりになっています」

「他の部屋は、どうだったんだろうか？」

「今のところ、何も、お叱りを受けていませんから、ミスはなかったと思っていますが」

「あの花束は、フロントで用意して、そのまま、客室に運ぶんですか？」

「花束は、このホテルの地下にある花屋が用意して来て、まず、スイート・ルームのある十階の客室係のところに、持って行きます。今日は、四つ用意して、持って行った筈です。客室係は、ここから、カードを、必要なだけ持って行き、その花束に、添えます」

「それだけの用意がされたのは、今日の何時頃ですか？」

「いつも、昼には、用意できています」

「そして、各室に、持って行ったのは？」

「午後三時です」

「すると、正午から、三時まで、花束は、十階の客室係のところに、置いてあったわけですね？」

「はい。そうです」

「客室係の部屋には、カギが、掛かっているんですか？」

「いや、お客様の部屋ではありませんから、鍵は、掛かっていません」

「すると、誰でも、自由に入れるわけですね？」

　と、三田村がきくと、フロント係は、肩をすくめて、

「そうですが、別に、高価なものは、置いてありませんから。ポットとか、毛布といったものばかりです」

「花束には、部屋のナンバーが、書いてあるんですか？」

　と、三田村は、きいた。

「一応、客室係が、書いていますが、部屋にお持ちしたとき、外していた筈です」

　と、フロント係は、いった。

　確かに、三田村の部屋に飾られていた花束には、部屋のナンバーはついていなかった。しかし、客室係の部屋に、用意されていたときは、心覚えのナンバーがついていたのだ。

　とすれば、何者かが、三田村の部屋に置かれる花束だけ、カードを、すりかえたことになる。

「とにかく、ご不快をおかけしまして、申しわけございません」

　と、フロント係は、頭を下げた。

「いや、これは、そちらのミスじゃないから」

と、三田村は、手を振ってから、

「他のスイート・ルームの花束も、一応、調べた方がいいですよ。ひょっとして、すりかえられているかも知れませんからね」

「早速（さっそく）、調べてみます」

「その結果を、あとで、教えて下さい」

と、三田村は、頼んだ。

三田村が、部屋に戻って、あやかに、フロント係の話を、そのまま伝えると、彼女は、

「すると、誰かの悪質ないたずらということになるのかしら?」

「そうなるね」

「でも、誰が、そんなことをしたのかしら?」

と、あやかは、眉をひそめた。

「このホテルに、恨みを持っている人間が、嫌（いや）がらせをしたのかも知れない」

「ホテルに?」

「ああ。今は、みんなカリカリしていて、ちょっとしたことに、腹を立てるからね。前に、このホテルに泊まった客が、サービスに不満で文句をいったが、ホテルの方は、

取り合わない。そこで、嫌がらせをした。そんなところかも知れないな」

と、三田村は、いった。

「でも、それにしては、妙な嫌がらせね」

「心が、ねじ曲がっている人間が、やったことなんじゃないかな」

と、三田村は、いった。

あやかが、札幌ラーメンを食べたいというので、三田村は、ホテルを出て、名物ラーメンを食べに行った。

カニの沢山入った豪華なラーメンを食べて、帰って来ると、フロントから、電話が、掛かった。

「他の三つのスイート・ルームも調べてみました」

「それで、どうでした？」

「他の三つの部屋は、別に、カードがすりかえられてはいませんで、安心致しました。それで、三田村様には、申しわけないので、あとで、心ばかりのお詫びのものを、お持ちします」

と、フロントは、いった。

三十分ほどして、客室係が、フルーツの盛り合わせを、持って来てくれた。

それに、支配人の名刺が、添えてあった。

3

一夜明けると、三田村も、あやかも、昨日の妙なカードのことは、忘れてしまった。

札幌から、トマムには、最近、いろいろな列車が、出ていた。

主として、スキー客目当ての特別列車で、前面ガラス張り、若者受けがしそうな流線形で、車内には、スナックや、サロンが、ついていたりする。

名前も、アルファ・コンチネンタル・エクスプレスとか、トマム・サホロ・エクスプレスといった名前がついている。

札幌発で、トマムに行くのに、この二つの列車が、冬季だけ走っていたが、すでに、予約で一杯だった。

仕方なく、三田村たちは、在来特急の「おおぞら5号」に、乗ることにした。

一一時一五分札幌発のこの列車は、トマムに着くのは、一三時一三分である。

乗ってみると、3号車の指定席は、ほぼ、満席だった。

七両編成のどの車両も、満員に近いらしく、自由席は、立っている乗客もある様子である。

三田村が、腰を下ろしてから、車内を見廻すと、乗客の服装が、はっきり二つに分かれているのが、面白かった。

スキー客は、いずれも、カラフルな服装で、他の客は、黒っぽい服装だからである。それに、スキー客は、グループで、やたらに、お喋りをしている。

（おれたちも、その中に入っているんだ）

と、思うと、三田村は、何となくおかしくて、ひとりで、笑ってしまった。

千歳空港駅で、かなりの乗客が降りたが、乗って来る客も多くて、混み具合は、変わらない。

この「おおぞら5号」は、トマムを経由して、釧路まで行くので、帯広や、釧路まで行く乗客も多いのだろう。

千歳空港から、列車は、石勝線に入って行く。晴れていたのが、急に曇って来て、猛烈な勢いで、雪が降り始めた。

北海道でも、有数の降雪地帯である日高山脈を貫いて走るので、雪が降ってくるのも、当然かも知れない。

その降雪から守るために、やたらに、トンネルが、設けられている。平地に作られたトンネルである。

新夕張、占冠と、停車したが、人家は、まばらにしか見えなかった。

一三時一三分。トマム着。

三田村と、あやかは、ホームに降りた。他に、十五、六人のスキー客が、この列車から降りた。

屋根もない、吹きっさらしのホームが、長く伸びている。

吹雪で、三田村は、眼を開けていられなかった。が、車掌は、馴れているのか、降りて来て、切符を回収する。

(ここは、無人駅なのか)

と、三田村は、気がついた。特急の停まる無人駅である。

駅の傍に建つホテルまで、ホームから、円筒形の長い連絡通路が伸びている。

三田村たちは、この通路に、走り込んだ。

グラスファイバーの透明な円筒が、百二十メートルも続いている。カプセルといった方がいいかも知れない。

三田村とあやかも、他のスキー客たちも、その中に入ると、ほっとした顔になって、雪を払い落としていた。

このカプセル通路は、道路をまたぐ格好で作られていて、そこを歩いて、外に出ると、ホテルの従業員が、迎えに来てくれていて、すぐ、バスに案内された。

雪の中を、五、六分走って、ホテル「アルファ」に着いた。

このトマムで、唯一のホテルである。というより、ここにある食堂も、土産物店も、スキー場も、全て、ホテル「アルファ」なのである。

ホテルのまわりも、雪の山だった。入口附近を除雪したので、二メートル近い雪の山が、ホテルのまわりに出来ている。

五階建のホテルで、ロビーは、三階部分にある。

このホテルにも、連絡は出来ていて、すぐ、二階のツインルームに案内された。

窓の外を見ると、吹雪いて、ホテルの周辺は、ぼんやりとしか見えないが、遠くに、ピサの斜塔みたいなノッポの建物が浮かんでいる。

「何なの？　あれ」

と、あやかが、びっくりした顔で、きいた。

東京のような都会なら、別に、珍しくもない筒のようなビルだが、一面の原野の中に、ポツンと建っていると、何か異様である。

三田村は、部屋にあったパンフレットを見て、

「ザ・タワーという三十六階建の別館だそうだ。会員制と書いてあるから、あそこに泊まるには、会員じゃなければ、駄目らしい」

「ここと同じホテルなの?」

「ああ」

「大変なものね。この辺にあるものは、何もかも、ホテル『アルファ』なのね」

「つまり、あのトマムの駅も、このホテルやスキー場のために、あるようなものさ」

と、三田村は、いった。

「ね、チョコレートがあるわ」

あやかが、嬉しそうな声をあげた。

振り向くと、ベッドの上に、チョコレートの小箱が、置いてあるのだ。ホテルのサービスだろう。

あやかは、喜んで、早速(さっそく)、チョコレートの一つを、口の中に、放り込んでいる。

三田村は、雪が小止(こや)みになったら、滑(すべ)りに行こうと思ったが、なかなか、そうなりそうもなかった。

部屋の電話が鳴ったので、三田村がとると、フロントからだった。

「さっき忘れたんですが、三田村さまに、お手紙が来ております」

と、いう。

「手紙？」

「はい。このホテル気付で、今朝届きました」

「誰からだろう？」

「東京の十津川さまですが」

「それなら、僕宛だ」

と、三田村はいい、すぐ、フロントへ、飛んで行った。

封書だった。それを受け取ってから、急に、三田村は、首をかしげてしまった。

昨日の朝、三田村とあやかは、東京を発っている。

三田村は、羽田で、十津川に電話をして、これから、行って来ますと、あいさつしたのだが、その時、十津川は、手紙のことは、何もいわなかったのである。

その時、この手紙は、もう、出している筈だと思う。速達にはなっていないからだ。

（おかしいな）

と、思い、廊下を歩きながら、三田村は、もう一度、差出人の名前に、眼をやった。

確かに、十津川省三と書いてある。が、筆跡は、違っている感じだった。

部屋に戻って、三田村は、封を切って、中身を取り出した。

〈殺されて、死体の上に、雪がどんどん降り積もると、雪が溶ける春まで、死体は、
腐らない。
雪は美しく、恐ろしい。
雪は残酷だ。〉

便箋(びんせん)一枚に、そんな言葉が並んでいた。

4

「何のこと？　これ」

のぞき込んで、あやかが、きいた。

「札幌のホテルのカードは、君が持ってたね？」

「記念に、持って来てるわ」

と、あやかはいい、ハンドバッグから、そのカードを取り出して、三田村に渡した。

三田村は、それを、手紙の横に並べた。

「筆跡が、よく似ている」

「そういえば、同じ字だわ」

「同じ人間が、なぜ、こんな妙な真似をするのか？」

「十津川さんからじゃないの？」

「警部は、こんな馬鹿なことはしないよ。何か、用があれば、電話してくるさ。ここに泊まるのは、知っているんだから」

　と、三田村は、いった。

「十津川さんは、何か知ってるんじゃないかしら？　もともと、十津川さん夫婦が、泊まることになっていたんだから」

「そうだな」

　と、三田村は、肯き、電話をとった。

　警視庁捜査一課にかけると、十津川は、部屋にいてくれた。

「今、トマムのホテルに来ています」

　と、三田村は、いった。

「楽しんでいるかね？」

「それが、吹雪です」

「それに、妙な手紙が、ホテル宛に届いていました。警部は、出されないでしょう?」

「そりゃあ、大変だ」

「明日、君たちが帰京するのに、手紙を出したりはしないよ」

と、十津川は、いった。

「そうだと思っていました。実は、警部の名前で、届いているんです。もう一つ、札幌のホテルでは、妙なカードが、届いていました。こちらは、差出人の名前はありませんが、トマムの手紙と、同じ筆跡に見えます」

「どんな文面なんだ?」

と、十津川が、きく。

「札幌のカードには、『白い雪に、真っ赤な血、きれいですよ』とあり、今度の手紙は、もっと、わけがわかりません」

三田村は、手紙の文章を、読んで聞かせた。

「妙な文面だな」

「警部にも、わかりませんか?」

「ちょっと待ってくれ。三十分したら、私の方から電話する」

と、十津川は、いった。

いったん電話が切れ、三十分もたたず、十五、六分して、十津川から掛かってきた。

今度は、十津川は、あわてた声で、

「私がすぐ、そちらへ行く。私が着くまで、君たちは、部屋から外へ出るな」

と、いった。

「警部が、来られるんですか？」

「そうだ」

「なぜ、急に？」

「理由は、着いてから説明する。だから、一歩も、外に出ちゃいかん」

「何か危険なことがあるんですか？」

と、三田村は、きいた。

「正直にいって、私にも、はっきりとはわからないんだが、危険な予感がするんだ。だから、私が着くまで、じっと動かずにいてくれ」

「しかし、食事は――？」

「ルームサービスで、部屋に運んで貰え」

と、十津川は、怒ったような声で、いった。

やっと、三田村の顔にも、緊張の色が浮かんだ。十津川が、危険だといえば、間違いなく、危険なのだと、思うからである。

三田村は、電話機を置くと、ドアのところへ歩いて行き、施錠(せじょう)した。

あやかが、青い顔になって、

「何かあるの？」

と、きいた。

「警部が来る。それまで、この部屋で、じっとしてろと、いわれたんだ」

と、三田村は、いった。

「なぜ？」

「外に出ると、危険だと、警部がいわれたんだよ」

「その理由を、十津川さんは、いったの？」

「いや。まだ、警部にも、はっきりわからないらしい」

「じゃあ、危険かどうかも、わからないんでしょう？」

「そうだが、用心した方がいい。妙な手紙やカードが、届いているんだからね」

と、三田村は、いった。

「やっと、雪が小止みになって来たのに」

と、あやかは、口惜(くや)しそうないい方をした。

なるほど、さっきより、窓の外が明るくなってきていて、三十六階建のタワーも、はっきり見える。

「警部が着くまで、じっとしていよう」

と、三田村は、自分にいい聞かせるようにいった。

休暇は、明日までである。明日は、帰京しなければならないのに、じっと、部屋に閉じ籠(こも)っているのは、三田村だって、残念なのだ。

（しかし、何が起きているのだろうか？）

と、三田村は、考え込んだ。

今度の北海道行は、十津川に、すすめられたのである。

あやかもいうように、本当は、札幌のホテルもこのホテルにも、十津川夫婦が、泊まる筈だったのだ。

（警部たちが泊まっても、カードや、妙な手紙が届いただろうか？）

それに、昨日、今日と、三田村とあやかが、ここへ来ることを知っている人間は、限られている。

まず、あやかの両親がいる。

しかし、こんないたずらをするような人間ではない。真面目一方の人間である。

十津川夫婦も、もちろん、知っている。

あとは、十津川夫婦を、招待した人物である。

一番怪しいのは、最後の人物である。

十津川から、名前は聞いていなかった。男か女かも聞いていない。

窓の外が、一層、明るくなり、その中、陽が射してきた。

泊まり客は、スキーに出かけてしまったらしく、ホテルの中は、ひっそりとなってしまっていた。

5

十津川は、亀井と二人、羽田で、千歳行きの飛行機を、待っていた。

一人で行くつもりだったのだが、十津川の電話を聞いた亀井が、ついて来たのである。

二人は、一五時一五分発のＪＡＬ５１７便に、乗った。

「本当に、三田村君たちが危険と、思われているんですか？」

と、亀井が、水平飛行に移ってから、きいた。

「私は、そう思っている」

「過去の事件と、関係があるんですか？」

「三年前に起きた事件だよ。カメさんも、もちろん、知っている筈だ」

「三年前というと、三田村君は、まだ、来ていませんね？」

「そうだ」

「三年前のどの事件ですか？」

「東京の世田谷の豪華マンションで、女優の近田麻子（ちかだあさこ）が、めった刺しにされて、殺（や）られた事件だ」

「あの事件なら、よく覚えていますよ。美人女優で、新聞にも、大きく出ましたから」

　と、十津川は、いった。

「あの事件は、私たちが担当したんだ」

「そうでした。北海道生まれの若い恋人がいました」

「名前は、小森裕（こもりゆたか）。二十八歳」

　と、十津川は、いった。

「小森は、事件直後から、姿を消しているので、容疑者として、道警に連絡し、われわれも、札幌へ飛んだんでした」

「あれが、二月初めだった」

「道警に協力して貰って、徹底的に、探したんですが、小森の行方は、つかめませんでしたね。その間にも、小森が犯人だという証拠が、いくつも、出て来て、警察として、彼が犯人だと、発表したんでした」

と、亀井がいう。

「あれだけ捜しても見つからず、一方、証拠は、どんどん、見つかって来たからね。犯人だから、必死で逃げているんだと考えるのが、当然だよ」

と、十津川。

「とうとう迷宮入りになってしまって、その中に、春になり、雪が溶けて来て、十勝のふもとで、小森の死体が発見されたんでした」

「意見は、二つに分かれたんだ。死因が、窒息死ということだったんでね。小森は犯人で、逃げ廻った末、あの場所で、力つき、倒れたところへ雪が降り積もって、身動き出来なくなり、窒息してしまったという意見と、彼は、犯人ではなく、雪の中に、生き埋めにされ、窒息死したという意見だ」

「結局、前者の意見が勝って、あの事件は、犯人の死亡で解決したんでした」

「そうだ。何しろ、北海道でも、有名な豪雪地帯で、あの年の冬は、数メートルの積雪があった。疲れ切って倒れ、雪が積もって埋まってしまえば、当然、窒息死するし、彼が、ひとりで、雪の中を歩いているのを目撃した人間も、現われたからね」

十津川は、当時のことを思い出すように、宙を見つめて、いった。

「あの事件が、今度の妙な出来事と、関係があると、お考えですか？」

と亀井が、きく。

十津川は、ちらりと、窓の外に眼をやった。

眼下に、厚い雲が広がっている。今、どの辺りかわからないが、あの雲の下では、雪が降っているのだろうか？

「わからないが、トマムのホテルに着いた手紙の文章が、気になってね。雪が溶けるまで死体が腐らないといった文句が、どうしても、例の事件を思い出させるんだよ」

「しかし、死体に雪が積もると書いてあったんでしょう？　小森の場合は、雪に埋まって、結果的に、窒息死したということで、違いますが」

「それは、あれが、殺人でなく、一種の事故死と考えたからで、殺しておいて、豪雪地帯に死体を放棄し、それに、数メートルもの雪が積もったんだと、主張していた人たちもいたんだ」

「覚えています。小森の家族が、そういっていましたね。家族なら、当然でしょうが、結局、その主張は、認められませんでしたね」

「小森の妹と、小森の友人だよ。確か、小森みどりと、大久保宏という名前だった」

「彼等が、今度の嫌がらせをしているということですか？」

「単なる嫌がらせなら、いいんだがね」

と、十津川は、いった。

亀井が、眉を寄せて、

「危険な行動に出ると、お考えですか？」

「思い出したんだがね。小森みどりと、大久保宏の二人が、あの事件の時、私の自宅に、訪ねて来たことがあったんだ。正確にいえば、小森が、犯人で、逃亡中に死亡したという結論が出て、捜査本部を解散した直後にね。私も、相手の心情がわかるから、夜明けまで話し合ったよ。家内も一緒にね。それで、納得してくれたと思ったんだが、かえって、あの二人の気持ちを、硬化させてしまったのかも知れないな」

「そんなことはないでしょう？　夜明けまで、話し合われたんですから」

と、亀井が、いった。

十津川は、小さく首を横に振って、

「私は、自惚れてね。突き放して当然なのに、数時間も話し合ったのだから、何とか、相手を納得させられたのではないか、納得しないまでも、私の熱意には、感謝してくれただろうと思っていたんだ。しかし、これは、逆だったかも知れない」

「逆ですか？」

「そうだよ。向こうの立場になれば、これだけ頼んだのに、警察は、とうとう主張を変えてくれなかったという怒りだよ。絶望感を持ったかも知れない」

「それなら、突き放した方が、よかったということですか？」

「今になって考えれば、そうかも知れないんだ。私が、あの二人に会ったこと自体、間違っていたんじゃないかと思うんだよ。会うといえば、相手は自分たちの話が聞いて貰える。警察が、主張を変えてくれるのではないかと期待する。当然だよ。そうして淡い期待を持たせておいて、結果的に、その期待を、打ち破ってしまったんだから、相手の怒りや絶望が大きくなっても、仕方がないんだ」

「それは、自分を責め過ぎですよ」

　と、亀井は、いった。

「だが、そのために、今、自分の部下と、奥さんを、危険にさらしている」

「三田村君たちが、本当に危険ですか？」

「同じ二月で、同じ北海道、それに、雪だからね」

と、十津川は、いった。

6

「警部を、招待した方が、怪しいということですか？」

亀井が、きいた。

「私たち夫婦を、招待してくれたのは、大学の先輩でね。現在、大きな建設会社の設計部長をやっている人だ。例の事件とは関係ない。北海道の新しいホテルの設計も手がけていて、この人自身が、北海道が好きなんだよ。トマムにもよく行っていて、ぜひ、君も行ってみろといって、私たち夫婦を、招待してくれたんだ」

「しかし、その人が、あんな妙な手紙を出す筈がありませんね」

「あり得ないよ」

「すると、やはり、小森みどりか、大久保宏の二人ということになりますか？」

「考えられるのはね」

と、十津川は、いってから、

「カメさんは、その二人が、なぜ、三田村君たちが、トマムに行っているのを知っているのかが疑問だというわけだろう？」

「そうです」

「私を招待してくれたのは、前田克彦という五十歳の人でね。戸丸建設の設計部長なんだ。あの前田さんと、例の二人が、どこかでつながっているのだろうかと、考えているんだがねえ」

と、十津川は、いった。

「小森みどりは、確か女子大生でしたね？」

思い出すように、亀井が、ゆっくりといった。

「ああ、そうだった」

「大久保宏は、サラリーマンだったんじゃなかったですか？」

「小森みどりの恋人で、サラリーマンだった」

「戸丸建設の社員じゃなかったですか？」

「いや、違うね。確か、鉄鋼会社の社員だったよ。名刺を貰ったとき、かたい会社ですねと、いったのを覚えているからね」

「すると、関係なしですか」

「断定は、出来ないがね」

と、十津川は、いった。

一六時四〇分に、十津川と亀井を乗せた飛行機は、千歳空港に着いた。

粉雪が舞っていて、そのことが、一層、十津川を、不安にさせた。

空港から、十津川は、トマムのホテル「アルファ」に電話をかけた。

三田村たちの泊まっている部屋に、つないでくれといったのだが、フロントが、

「お呼びしていますが、どなたも、お出になりません。スキーに出かけられたんじゃありませんか」

と、いった。

「そんな筈はないんだ。外出はしないと、いっていたんだよ。悪いが、部屋を見て来てくれないかね」

と、十津川は、いった。

十津川が、強い声でいったので、フロント係は、

「見て来ますから、お待ち下さい」

と、いってくれた。
七、八分して、同じフロント係の声が、
「見て来ましたが、やはり、おられません。晴れて来たので、スキーに行かれたんだ

と思いますが」

「部屋が荒らされているようなことは、ないですか？」

「別に、ありませんが」

と、フロント係は、いった。

十津川は、電話を切って、傍にいた亀井に、

「どうなってるんだ。部屋にいないんだよ」

「警部は、外に出るなと、いっておかれたんでしょう？」

「そうだよ。くれぐれも、外に出るな、食事も、ルームサービスにしろと、いっておいたんだ。それなのに、どうしたのかな？」

「とにかく、トマムに、行ってみましょう」

と、亀井が、いった。

二人は、ＪＲの駅に急いだ。

一七時一〇分発の釧路行の特急「おおぞら９号」に間に合った。

この列車は、トマムに停車しないが、その先の新得で降りて、車で戻るよりないだろう。次の列車は、一時間以上あとになってしまうからである。

満席だったが、二人は、自由席に乗り込んだ。もちろん、座れないので、立ったま

である。

新得着が、一八時四四分だった。

雪は、降っていなかったが、深い積雪に、蔽（おお）われていた。

駅前で、タクシーを拾い、二人は、トマムに向かった。

雪にまみれながら、タクシーは、十津川たちを、トマムに運んでくれた。

「ホテル『アルファ』の本館の方に、着けてくれないか」

と、十津川は、運転手に、頼んだ。

本館の前には、ホテルの客を、スキー場や、タワーに運ぶ連絡バスが、とまってい
た。車高が低く、幅のやたらに広い、ブルドッグのような感じのバスである。

タクシーは、その横に停まり、十津川と亀井は、飛び降りるようにして、ホテルに、
入って行った。

フロントで、警察手帳を見せたのは、手っ取り早く話を進めるためだった。

「三田村夫婦は、まだ、戻っていませんか？」

「はい。まだのようです。晴れたので、スキーをやっておられるんだと思いますが」

と、フロント係はいう。

「何時まで滑（すべ）れるんですか？」

「夜の九時まで、滑れます。そのうち、お戻りになると思いますが」

フロント係は、呑気なことをいった。

十津川と、亀井は、念のために、三田村たちの部屋を見せて貰った。

二階のツインルームの二つ並んだベッドは、まだ、カバーがかけられたままで、隅には、二人のものと思われるボストンバッグや、ハンドバッグが、置いてあった。荒らされた形跡は、全くなかった。

「誰かに、力ずくで、連れ出されたとは思えませんね」

と、亀井が、部屋を見廻しながら、いった。

「しかし、二人が、勝手に遊びに出たとも思えないよ。私が着くまで、部屋で、じっとしているように、いっておいたんだからね」

と、十津川が、いった。

何かあって、部屋を出たとしか思えないのだが、それが何なのか、見当がつかない。

十津川は、ロビーの公衆電話を使って、東京にかけた。

捜査一課の西本刑事を呼び出した。

「私だが、頼んでおいたことが、少しは、わかったかね？」

「小森みどりのことは、まだ、調べているところですが、大久保宏の方は、一週間前から、会社を休んでいるのがわかりました。マンションにもいません」

と、西本が、いった。

「行先は、わからないのかね？」

「残念ですが、わかりません」

「何とかして、行先を突き止めて欲しい」

「わかりました。それから、会社での大久保ですが、スキーの愛好会に入っていて、冬には、よく、スキーに出かけていたそうです」

「スキーは、うまいわけか？」

「相当な腕前だそうですよ」

と、西本は、いった。

十津川は、ラウンジに待っている亀井のところに戻り、西本の話を伝えた。

「休暇を取っているとすると、ますます、今度の手紙や、カードの犯人は、大久保のようですね」

と、亀井は、いった。

十津川は、コーヒーを注文してから、

「東京から手紙を出したり、札幌では、カードを入れたりしているから、大久保ひとりとは思えないんだよ」

「小森みどりも一緒ということですか？」

「じゃないかと、思っているんだがね」

と、十津川は、いった。

「三田村君と奥さんは、二人の顔を知りませんね？」

「知らないと思うよ。それに、あの事件もだ。だから、余計、心配なんだ」

と、十津川は、いった。

7

五、六人の若者のグループが、スキーから戻って来て、急に、ラウンジが、賑やかになった。
だが、その中に、三田村たちの姿はない。

「スキーを借りて、ゲレンデを見て来ます」

と、亀井が、立ち上がって、いった。

「そうだ。君は、スキーが上手かったんだな」

「東北の生まれですから」

と、いって、亀井は、ラウンジを出て行った。

十津川は、しばらくしてから、もう一度、東京に、電話を掛けた。

「小森みどりのことが、少しわかりました」

と、西本が、いった。

「それで？」

「去年の三月に、大学を卒業して、就職しています。その会社ですが、戸丸建設という一流の建設会社で——」

「そうか！」

と、十津川は、思わず、声をあげていた。

「警部。何か？」

驚いた声で、西本がきく。

「それで、彼女は、今日、その会社にいるのかね？」

と、十津川は、きいた。

「それが、大久保宏と同じく、一週間前から、休暇をとっています。自宅マンションにもいません。行先も、不明です」

「わかった」

と、肯き(うなず)、十津川は、電話を切ると、今度は、戸丸建設の設計部に掛けて、前田克彦を、呼んで貰った。

「十津川です」

と、いうと、前田は、

「ああ、君たち夫婦の代わりに、若い三田村夫婦が行くことは、連絡しておいたよ」

「ありがとうございます」

「何か不都合があったのなら、僕から、もう一度、トマムのホテルに、連絡するが」

「それはいいんです。戸丸建設で、去年の四月に入った新入社員のことを、お聞きしたいんですよ」

と、十津川は、いった。

「うちの新入社員？」

「そうです。設計部にも、新人が入ったでしょう？」

「ああ、男子二人に、女子が一人だ」

「その女子社員のことを、聞きたいんです。名前は、小森みどりですね？」

「そうだが、彼女が、何か警察の取り調べを受けるようなことをしたのかね？」

「そうじゃありませんが、会社を休んでいるんじゃありませんか？」

「ここのところ、休んでいるが、ちゃんと、届けは出ているよ」

「理由は、何ですか？」

「郷里の祖母が亡くなったので、帰るということだ。郷里は、福井だよ」

「そうですか」

「信じないみたいだな？」

と、前田が、きいた。

「彼女を、前田さんは、どう思われますか？」

「仕事熱心で、優秀な女性だと思っているよ」

十津川が、きいた。

「つまり、信頼しているというわけですね？」

「いけないのかね？」

「彼女に、私のことを話されましたか？」

と、十津川は、きいた。

「ああ、何かのときに話したよ。あれは、何のときだったかな——？」

「トマムのホテルについて話しているときじゃありませんか？」

「ああ、そうだ。そうだったよ」

「私の名前を出されたんですか？」

「確か、彼女が日本の警察は信用できないみたいなことをいったので、君の名前を出して、反論した。君のような優秀な刑事がいるといってね」

「そのとき、私たち夫婦がトマムのホテルに泊まると、いわれたんですね？　札幌と、トマムに」

「ああ、そうだ」

「そのあとで、彼女が、私のことを、聞きませんでしたか？」

「そういえば、お友だちの警部さんは、本当に北海道へ行かれるんですかと、聞かれたね。二、三日してからね」

「それで、何と答えられたんですか？」

「君が行かれなくなって、三田村という部下の刑事が、奥さんと行くことになったと答えたが、いけなかったかね？」

と、前田が、急に心配そうな声になって、きいた。

「いや、そんなことはありませんが、彼女は、その直後に休暇を取ったんですね？」

「その通りだが――」

「どうもありがとうございます」

「まずいことを、私がしてしまったのかね?」

「心配なさらないで下さい」

と、十津川は、いって、電話を切った。

三十分ほどして、亀井が、戻って来た。

窓の外に広がるゲレンデでは、こうこうと、夜間照明がついている。

「いや、広いゲレンデでした」

と、亀井が、いった。

「三田村君たちは、いたかね?」

「いや、残念ながら、見つかりません。三十六階建のタワーにも行って来ましたが、二人は行っていませんね」

「どこに消えたのかな?」

と、十津川が、いったとき、フロント係が、近寄って来て、

「十津川警部さんに、電話が入っています」

「誰から?」

「名前をおっしゃらないんですが」

と、フロント係がいう。

十津川は、亀井と顔を見合わせてから、フロントの電話を取った。

「十津川ですが――？」

と、いうと、若い男の声が、

「三年前、世田谷で起きた殺人事件は覚えているだろう？」

「なるほどね。やはり、あの事件か」

「わかっているんなら、簡単だ。あの事件の捜査は間違っていた。北海道で死んだ小森裕は、犯人じゃないという声明をマスコミに発表して、もう一度、調べ直して欲しい」

「君は、大久保宏だね？　小森みどりの友だちの」

と、十津川は、きいた。

「僕のことなんかどうでもいい。こちらの要求どおりにしてくれるのかね？」

「駄目だといったら？」

「三田村というあなたの部下と、彼の奥さんが、死ぬことになる」

と、相手は、いった。

「二人は、どこにいるんだ？」

「小森裕と同じだよ」

「雪の下に埋めたということか？」

十津川の声が、自然に、険しくなった。

「まだ、浅いから、助けられる。だが、どんどん、雪が降り積もっていけば、どうなるかな？　小森裕のように、雪の下で、窒息死することは、間違いないね。そうなったら、あなたは、どうする？　小森と同じ死に方でも、今度は、殺人というんじゃないのか？」

「本当に、雪の下に、埋めたのか？」

「気絶して、雪をかぶっているよ。何時間かは、無事だよ。だが、今夜、大雪が降ったら、保証は出来ないね」

「三田村君は、あの事件のあとで、捜査一課に配属になった人間で、無関係だ。無関係な人間を殺そうというのかね？」

「同じ警察の人間だ」

と、相手は、いった。

「どこに埋めたのかね？　すぐ、助け出しなさい」

十津川は、努めて、静かにいった。

「あなたが、約束すれば、助けてやるよ。僕だって、人殺しは、したくない」

「あの事件は、もう終わっているんだ。再捜査の約束は出来ないよ」

「誰なら出来るんだ？　警視総監か？　それなら、すぐ、総監に電話して、許可を貰ってくれ。待ってるよ」

「総監だって、簡単には、決定できない」

「二人の人間が、死ぬかも知れないというのに、あなたには、何の約束も出来ないのかね？　警視総監にも。そんな、責任の所在がどこにあるかわからない組織なのかね？」

相手は、怒りを、むき出しにした声で、いう。

「そうだよ。総監が、勝手に何でも出来る組織じゃ困るだろう？」

「それなら仕方がないな。雪溶けになるまで、あなたは、部下と、その奥さんに会えないことになるよ」

「人殺しになりたいのか」

「なりたくはないさ。だが、そっちが悪いんだ。そうだ、時間をやる。一時間したら、もう一度電話する。それまでに、どうするか、考えておいて欲しい。あなたの部下のためにもだ」

「待て！」

と、十津川が叫んだ時には、もう、電話は切れてしまっていた。

8

フロントに聞くと、今の電話は、外から掛かったものだということだった。

「どうしますか？」

と、亀井が、緊張した声で、十津川を見た。

「一時間ある」

「その間は、三田村君たちは、死ぬことはないということでしょうか？」

「向こうだって、人殺しにはなりたくないだろう」

と、十津川は、いった。

「しかし、再捜査の約束は出来ませんね」

「ああ、そんなことは出来ない。すでに結論は出てしまっているんだから、裁判所が決めることだ」

「それでは、相手は、納得しないでしょう？」

「しないね」

「とすると、一時間以内に、何としてでも、三田村君たちを、助け出さないわけには、いきませんね」

「大久保と、小森みどりも」

「この二人が、犯人とお考えですか？」

「他には、考えられないよ」

「このゲレンデのどこかに、埋められているんでしょうか？」

と、亀井は、呟（つぶや）いてから、

「それにしても、なぜ、三田村君たちは、簡単に、連れ出されたんでしょうか？」

「私も、それを考えていたんだよ。三田村君は、若くて、猪突（ちょとつ）するところがあるから、私は注意していたんだし、見ず知らずの人間に、誘い出されるとは思えないんだよ」

「そうですね。大久保と、小森みどりが、このホテルに客として来ていても、初めて見る顔だから、誘い出されるとは思えません」

と、亀井も、いった。

「だから、泊まり客として、来てるんじゃないんだ」

と、十津川は、いった。

「さっき、窓から見ていたんだが、ここで、専属のスキーの指導員や、連絡バスの運転手なんかが働いているが、冬季だけのアルバイトが、多いんじゃないかと思うんだよ」

「すぐ、聞いて来ます」

と、亀井は、フロントへ飛んで行った。

すぐ、戻って来ると、十津川に、

「このリゾートで働いている人間は、五百人近いそうですが、警部のいわれた通り、冬季だけのアルバイトが、大部分だそうです。スキーの指導員だけでなく、ホテルのフロントにも、冬季だけのアルバイトが働いていると、いっていました」

「支配人に、会ってみよう」

と、十津川は、いった。

二人は、支配人と、人事担当者に、話を聞くことにした。

「アルバイトは、主として、この近くの人たちに来て貰っています」

と、支配人はいった。

「他の人たちは、採用しないんですか?」

と、十津川が、きく。

「いや、スキーシーズンになると、どうしても人手が不足しますので、信用のおける人間なら、働いて貰っています。特に、スキーの指導員なんかは、不足しますのでね。技術を持っている人は、いつでも欲しいですよ」

支配人は、微笑した。

「最近、大久保宏という男を、採用しませんでしたか？　東京の人間ですが」

十津川は、大久保の顔立ちを説明した。

支配人が、人事担当者の顔を見て、

「水沼君、どうだね？」

「大久保という人間は、五日前に、採用しました。運転免許証と、履歴書を持って来ました。それに、スキーは指導員の資格があるというので、シーズン中、働いて貰うことにしました。好感の持てる青年です。彼が卒業した大学にも照会してみましたが、指導力のある学生だったということでしたので」

と、水沼はいい、大久保の書いた履歴書を見せてくれた。もちろん、彼が現在働いている会社のことは、書いてない。

十津川は、やっぱりだなという眼で、亀井を見てから、

「今、大久保宏は、どこにいますか？」

「午後九時まで、滑れますので、ゲレンデにいると思います」

と、水沼が、いった。

「同じ頃、小森みどりという若い女性を、同じく、アルバイトで、採用していませんか？」

「小森みどり？」

と、水沼は、口の中で呟いてから、

「ああ、なかなか美人の娘が、働きたいといって来ましてね。今、タワーの方で、働いています。確か、小森という名前でしたね」

「向こうで、何をやっているんですか？」

「客室係です。といっても、補助的な仕事をやって貰っています」

「タワーも、こちらの本館も、同じユニホームを着ていますか？」

「はい。同じ会社の経営ですから」

と、支配人が、いった。

「カメさんは、タワーへ行ってくれ。私は、ゲレンデを見てくる。スノーモビルを貸してくれませんか？」

と、十津川は、亀井から、支配人に、視線を移した。

「いいですよ。水沼君も、お手伝いして差しあげなさい」

と、支配人は、いった。

十津川は、水沼と、一階に降り、スノーモビルに乗って、ゲレンデに向かった。

本館のすぐ裏からも、リフトが、動いている。

スノーモビルで走り出すと、耳がちぎれるような寒さである。

こうこうとした夜間照明の中で、まだ、沢山(たくさん)の若者たちが、滑っていた。

それでも、他のスキー場に比べて、すいているのは、苗場(なえば)の二倍半という広さと、唯一のホテルの泊まり客が、大部分ということもあるに違いない。

十津川は、走りながら眼をこらした。

雪質がいいので、スノーモビルは、滑るように走る。ただ、登り坂で、うまく運転しないと、突然、横すべりして、ずるずると、落下してしまう。

スノーモビルの運転に慣れていない十津川は、必死だった。運転だけでも大変だが、突然、スキー客が、突っ込んで来たりするのだ。

水沼の方は、さすがに慣れていて、走りながら、スキー指導員の一人を見つけて、声をかけた。

「大久保君を見なかったかね？」

「大久保ですか？　さっき、カップルを連れて、向こうの雑木林の方へ行きましたよ。ちょっと、山歩きをしてくるといって。その後、見てませんが」

その指導員は、ストックで、背後の小さな山を指さした。

「それは、何時頃ですか？」

と、十津川が、きいた。

「まだ明るかったから、五時前だったと思いますね。四時五十分頃かな」

「すると、もう四時間近くなっていますね？」

「そうですね」

事情を知らない指導員は、微笑している。

十津川は、四時間という時間の長さに、いらだったが、更に、彼の眼に、夜空から、舞いおりてくる雪片が、映った。

夜間照明の明りの中で、それは、きらきらと、光りながら、落下してくる。

（まずいな）

と、思った。

ザ・タワーを見に行った亀井が、スキーで、戻って来た。

その亀井も、十津川に向かって、

「雪ですよ」

「積雪が多いと、三田村君たちを見つけるのが、大変になる」

「タワーには、いくら捜しても、小森みどりはいません。ルームサービスの係も、午前中はいたが、午後から姿を見かけないと、いっていました。それから、昨日は、一日中、休んだそうです」

と、亀井は、いう。

「札幌へ行って、ホテル『サッポロ』で、三田村君たちの部屋に妙なカードを、入れたんだろう」

「雪が強くなりそうですよ」

と、亀井は、夜空を見上げて、いった。

風も強くなって来て、吹雪になりそうな気配である。

「間もなく一時間たつので、私は、ホテルに戻っている。カメさんは、奥の林の周辺を、調べてくれないか。大久保が、三田村たちらしい男女を連れて、あの林の方向に、スキーで行ったというんだ。私が道警に連絡して、応援に来てくれるように頼むよ」

と、十津川は、いった。

「わかりました」

と、亀井が、いい、水沼は、

「私も、引き続き、大久保を探します」

と、いってくれた。

十津川は、ホテル本館に戻ると、すぐ、道警本部に、電話をかけて、協力を要請したが、今からだと、十一時頃にならないと、トマムに着けないと、いわれた。

その電話がすんだ直後に、十津川に、外から、電話が入った。

9

「約束してくれる気になったか？」

と、大久保の声が、きいた。

「前にいったが、そんな約束は出来ないよ。無理なことは、いわず、三田村夫婦を、釈放したまえ」

と、十津川は、いった。

「小森さんは、犯人じゃない。犯人に、罠にはめられ、自殺に見せかけて、殺されたんだ」

「彼の妹さんや、妹さんの恋人の君が、そう思いたいのはわかるがね」

「思いたいだけじゃないよ」

「じゃあ、真犯人は、誰だというのかね？」

「僕にはわからない。だが、小森さんは、知っていた筈だ。だから、真犯人は、小森さんを殺したんだよ。あの時、容疑者は、他にもいた筈だ。その中で、小森さんが死んだとき、北海道へ行っていた奴が、真犯人なんだ」

と、大久保は、いった。

「それは、君や、小森の妹さんの願望でしかない。ただの願望で、警察は、動かないよ」

と、十津川は、いった。

「それでは、あなたの部下と、その奥さんが、死ぬだけだ。小森さんと同じように、雪に埋まって、窒息して死ぬんだ。そして、春の雪どけにならなければ、見つからない」

「人間を、二人も殺すのかね？」

「小森さんの死を、殺人とわからなかった警察が、雪に埋まったあなたの部下たちの死を、殺人だと、証明できるとは、思えないね」

と、大久保は、いった。

「雪が降って来ているんだ」

「わかってるよ。見えてるから。今夜は、吹雪だな。何センチも積もると、僕にも、あの二人を、何処に埋めたか、わからなくなる。その辺の広大な原野を、探しつくすのは、不可能だよ。春が来て、見つかるのを、待つより仕方がなくなるね」

大久保は、脅かすように、いった。

「なぜ、私を埋めないんだ？　恨んでいるのは、三田村君じゃなくて、私の筈だ」

「あなたが、予定どおり来ていたら、今頃、あなたと、奥さんを埋めていたと思うよ。そして、警察に、あの事件の再捜査を要求していた筈だ。その方が効果があったかも知れないね。だが、代わりに、若い刑事と奥さんがやって来た。あなたは、部下思いだから、あなたに要求する人質には、いいと思った。僕の顔を、知らないのも、助かったがね」

と、大久保は、いった。

「札幌のカードや、このホテルへの手紙は、私を、呼び出すためかね？」

「当たりだよ。あの若い刑事が、必ず、あなたに電話して、カードや手紙の話をする。そうすると、あなたは、三年前のあの事件を思い出し、ここへ飛んで来るだろう。そう考えたのさ」

「もし、私が、あの事件を思い出さなかったら、どうする気だったのかね？」

と、十津川は、きいた。

「必ず、思い出してくれると、信じていたね」

と、大久保は、いった。

「だが、君や、小森の妹さんの要望には、答えられない。今、私がいえるのは、一刻も早く、三田村夫婦を、釈放しろということだ」

「嫌だ！」

と、大久保は、激しい口調で、いった。

「小森の妹さんも、同じ気持ちなのかね？」

「同じだよ」

「二人して、殺人犯になって、亡くなった小森さんが、喜ぶかね？」

「彼が喜ぶのは、あなたが、再捜査を、約束してくれることだよ。それを約束してくれれば、すぐ、三田村夫婦の埋めてある場所を、教えるよ」

「不可能だね。諦めて、釈放したまえ」

「再捜査を約束してくれなければ、あの夫婦は死ぬんだ。三年前の小森と同じようにね」

と、大久保は、いった。

「無理だよ」

と、十津川は、いった。

「それじゃあ、これ以上、電話で話しても無駄だな」

と、大久保が、いった。

「あと一時間待ってくれないか」

十津川が、いうと、大久保は、

「時間かせぎならやめてくれよ」

「そうじゃない。とにかく、あと一時間したら、もう一度、電話して欲しい」

と、十津川は、いった。

10

亀井が、疲れ切って、ロビーに戻って来た。

「見つかりません。吹雪いていて、眼で探すのは無理ですよ。大久保は、連絡して来ましたか？」

「ああ、相変わらず、再捜査を約束しろといっている」

　と、十津川は、いった。

「さもなければ、春になってから、二人の死体が見つかるというわけですか？」

「そうだ」

「再捜査をすると、約束したらどうでしょうか？」

「嘘をつくのかね？」

「三田村夫婦の命を助けるためです」

「そうだが、嘘をつくというのはね」

「いけませんか？」

「それに、恐らく、大久保は、電話のやりとりを、録音している筈だよ」

「録音ですか？」

「そのくらいのことは、向こうだって、するだろう。必死なんだからね。それ以上のことだって、要求するかも知れん」

「例えば、どんなことですか？」

「警視総監に電話して、再捜査の約束をとれというかも知れない。総監に芝居は、頼めないよ」

「すると、大久保との話し合いは決裂ですか？」

「あと一時間したら、もう一度、電話してくることになっている」

「その間は、三田村夫婦は、死ぬことはないと、考えていいわけですね？」

「大久保だって、三田村君たちが死んでしまえば、もう、何も要求できないことを、知っているからね」

「今、大久保と、小森みどりは、どこにいると、お考えですか？」

と、亀井が、きいた。

「このトマムの近くだということは、間違いないよ。午後四時五十分頃、大久保は、三田村夫婦をホテルから誘い出している。そのあと、どうやったか知らないが、二人を、雪の下に埋めてしまった。恐らく、木箱にでも押し込んで、雪中に埋めたんだと思う。これなら、何時間かは、大丈夫だからね」

「最初に、大久保から電話があったのは、何時頃でしたか？」

「八時過ぎだよ」

「三田村夫婦を埋めるのに、三十分は、かかったとして、三時間ということですね」

「スキーをはいていたから、そのままの恰好（かっこう）で、トマムを離れたと思う。公衆電話が、簡単に使えるところだろう」

「新得か、占冠のどちらかかも知れません。ここから一番近い町ですから」

「小森みどりも、そこにいるのかな？」

「いや、私は、そうは思いません」

と、亀井が、いう。

「なぜだい？　カメさん」

「外は、大変な吹雪です。箱に押し込めて、雪の下に埋めたとすると、彼等は、何時間かは大丈夫と計算しているかも知れませんが、このままの勢いで、雪が積もれば、その重みで、箱は、押し潰されかねません。三田村夫婦は、彼等の切札です。再捜査の約束を取りつけない中に、死んでは困る筈です」

「すると、小森みどりは、残って、監視しているか？」

「そう思います」

「しかし、この周辺の建物は、全て、ホテル『アルファ』のものだよ。その従業員なんだから、すぐ、見つかってしまうんじゃないかね」

「そうですが――」

「カメさんは、タワーも調べたが、彼女はいなかったんだろう？」

「えぇ」

「客かな？」

「は？」

「客になって、泊まるのさ。小森みどりは、昨日、いなかったという。札幌へ行っていたんだ。それから、変装して、客として、帰って来ていたんだよ。昨日の中にね。かつらで髪型を変え、化粧も変え、服装を変えれば、わからんさ」

「どちらへ泊まっていると思いますか？」

「タワーの方だろう。三十六階建だからね。上層の部屋に入れば、見晴らしが利くよ」

「しかし、会員制と聞いていますが」

と、亀井は、いってから、急いで、フロントに駆けて行った。

戻って来ると、十津川に向かって、

「一応会員制になっていますが、一般客も、泊まれるそうです。但し、一部屋四万四千円だそうですが」

「行ってみよう」

と、十津川は、もう、立ち上がっていた。

吹雪の中を、十津川たちは、支配人と一緒に、ホテルの車で、タワーに向かって急いだ。

スキー客も、この吹雪で、引き揚げて来ていて、タワーのロビーも、若者や、家族連れで、一杯だった。

支配人が、フロントで聞いてくれた。

「昨夜おそく、女性が一人、チェック・インしています。三十二階の部屋で、名前は、大友(おおとも)ゆう子。三十歳で、北陸の住所になっていますね。サングラスをかけていたので、顔立ちはよくわからなかったが、水商売の女性のようだったと、いっていますが――」

「多分、それが、小森みどりです」

と、十津川は、いい、亀井と二人で、三十二階へ、あがって行った。

水商売風というのは、わざと、化粧を濃くしたからだろう。

エレベーターをおりて、問題の部屋のベルを押した。

中で、人の動く気配がして、

「何の用？」

と、女の声が、きいた。

「ボーイですが、支配人からのお花をお持ちしました」

と、亀井が、いった。

「いらないわ。申しわけないけど」

「持ち帰ると、私が、支配人に叱られるんですが」

「いらないものは、いらないわ。支配人にそういっておいて」

「それが、どうしても――」

と、いいながら、亀井は、支配人に借りたマスター・キーで、鍵を開け、ノブを回した。

強引に、ドアを開けたが、チェーンロックが、掛かっている。

「何をするの？」

と、相手が甲高い声をあげた。
五、六センチだけ開いたドアに向かって、十津川と亀井が、体当たりした。
チェーンが吹っ飛び、二人は、体当たりした勢いのまま、部屋に、飛び込んだ。

十津川の眼の前に、サングラスをかけた女がいた。一瞬、人違いかと、十津川が、あわてたほど、そこに突っ立っている女は、小森みどりとは、別人に見えた。

髪は、茶色で、濃いアイシャドウをつけ、口紅も真っ赤だった。なるほど、水商売の女に見える。

だが、次の瞬間、十津川は、相手の顔に、怒りより、狼狽の色を、見てとった。十津川の顔を見て、狼狽したのだ。

「小森みどりさんだね？」

と、十津川は、強い調子でいい、

「違います！」

と、叫ぶ相手の声を無視して、窓のところへ歩いて行った。

三十二階の部屋だけに、展望が、素晴らしい。あいにく、吹雪いているので、山の姿は、ぼんやりとしか見えないが、晴れて、月が出れば、近くに高い建物がないだけに、広大な視界だろう。

「双眼鏡を持って、泊まっているんですか？」

と、十津川は、背中を向けたまま、窓の傍に置いてあった双眼鏡を、手に取った。

倍率を変えずに、眼を寄せた。

それで、焦点の合っている景色を、十津川は、端から端へ、確かめていった。

「場所がわかりますか？」

と、亀井が、女の腕を押さえて、十津川にきいた。

「だいたいのところはね」

「どこに、三田村夫婦を埋めたんだ？」

と、亀井が、女に、きいた。

女は、押し黙ったままである。

「彼女は、簡単にはいわないだろう。それより、支配人を呼んでくれ」

と、十津川は、亀井にいった。

電話で呼んだ支配人が、あがってくると、十津川は、双眼鏡を渡して、

「その焦点で、この窓から見える場所を知りたい。吹雪で、見えませんが、地図があったら、それに、書き込んでくれませんか」

と、頼んだ。

すぐ、タワー周辺の地図が、持参され、ゲレンデの整備係も来て、双眼鏡を見ながら、地図に、赤い斜線を入れていった。

十津川が、それを見ながら、ほっとしたのは、さほど、広い範囲ではなかったからである。

十津川は支配人に、改めて、協力を要請した。

幸い、スキー客も、ホテルに戻ってしまっているので、指導員やリフト係などの手

が、あいている。

スコップや、懐中電灯などが、かき集められた。

「カメさんは、彼女と、この部屋に残っていてくれ。大久保が、連絡してくるかも知れない」

と、十津川は、亀井にいっておいて、ホテルの連中と、吹雪の中に、出て行った。

範囲は、狭いと思ったが、それでも、吹雪の中での作業は、大変だった。

地図に従って、二十五、六人の人間を散開させ、一斉に、スコップで、掘り始めた。

ゲレンデ整備用のブルドーザーもあるといわれたが、埋められているのは、生きた人間である。危険で、ブルドーザーは、使えなかった。

十津川も、他の人たちも、吹きつける雪で、たちまち、身体が、凍りつきそうになってくる。

粉雪なので、服にくっついてくることはないが、腰のあたりまで、雪に埋まっての作業は、難しい。

十分、二十分とたったが、見つかったという声は、あがらなかった。

十津川は、少しずつ、不安になって来た。

双眼鏡の焦点の合っている場所で、果たして、いいのだろうかという不安である。

彼女が、最後に、全く違う場所を見ていたのだったら、三田村たちとは、関係のない場所を、掘っていることになってしまうのだ。

それでも、他のどこを探したらいいのか？

一時間たった。

大久保が、電話して来ているだろう。十津川がいなければ、彼は、裏切られたと思うに違いない。

そして、どんな行動に出てくるか？

ここへ、戻って来るだろうか？　それとも逃亡するか？　或いは、タワーの三十二階にいる小森みどりに、電話で連絡してくるか？

十津川は、そんなことを考えながら、必死に、スコップを動かした。

「何か、あるぞ！」

と、突然、近くで誰かが叫んだ。

11

十津川は、雪を蹴散らしながら、声をあげた男の傍へ、駆け寄った。

他の人間も、集まってくる。

「スコップが、何かに、当たりました」

と、若いリフト係が、興奮した声で、いった。

何本もの懐中電灯の明りが、彼の掘り下げた穴を照らし出した。

彼は、手袋をはめた手で、足下の雪を、何度も、払った。

木の板が見えた。

「慎重に、やってくれよ！」

と、十津川が怒鳴った。

二人、三人と、穴の中に入って行き、掘り下げて行く。

埋められていたのは、木の箱だった。長さは二メートル五十センチくらいあるだろう。どうやら、スキーを運搬するための箱らしかった。

その木箱は二つだった。

二つの木箱は、穴から地上に運びあげられた。

釘が打ちつけてあるのを、支配人が、取って来た釘抜きで、丁寧（ていねい）に、一本ずつ抜いていった。

片方の木箱が、あけられた。

板の隙間から、粉雪が侵入して、ぐったりしているあやかの身体が、白くなっている。

もう一つの箱には、やはり、三田村が、閉じ込められていた。

うつろな眼を開けて、十津川たちを見上げたが、何か呟いて、眼を閉じてしまった。

「とにかく、暖かい場所に、運びましょう」

と、支配人がいった。

用意した毛布で、二人の身体をくるみ、雪上車でタワーへ運んだ。

亀井が、ロビーへ降りて来た。

「見つかったよ」

と、十津川が、声をかけた。

「大丈夫ですか？」

「どうやら、睡眠薬を飲まされているらしいが、大丈夫だ。彼女はどうしている？」

「観念したらしく、かつらをとって、小森みどりだと、認めました。それから、電話が掛かりましたが、彼女が出ないので、すぐ切れました。交換の話では男の声だったそうですから、大久保でしょう」

と、亀井はいった。

「大久保は、どうするかな？」

と、十津川は呟いた。

「逃げ出すでしょうか？」

と、亀井がきいた。

「いや、多分、ここへ戻って来ると思うね。いや、戻って来て欲しいよ。三田村君たちのことが心配でね。そうしてくれれば、逮捕したあと、情状酌量の余地が残る」

と、十津川はいった。

支配人がやって来て、微笑しながら、

「今、お二人とも温かいコーヒーを飲まれましたよ。もう大丈夫です」

「ありがとう。二人を頼みます」

十津川は、支配人に礼をいい、亀井をロビーの隅に、連れて行った。

「時間が来たら、私と、来てくれ」

「どこへ行くんですか？」

「三田村君たちが、埋められていた場所だよ」

「そこへ、大久保が現われると？」

「大久保も、小森みどりも、普通の人間だから、簡単に人殺しは出来ないよ。さっきもいった通り、三田村君たちのことが心配で見に来るさ。この吹雪だから、木箱が、押し潰される危険も、大久保は考えるだろうからね」

「怒って自分の手で殺しに来るのかも知れませんよ。私は、警部のように善意でばかりは、相手を見られません。何しろ、三田村夫婦を雪の中に埋めた男ですからね」

と、亀井はいった。

一時間ほどして、十津川と、亀井は、スノーモビルで、さっきの地点に向かった。

誰の姿もなく、ただ、雪が飛んでいるだけである。

二人は、雪の中で、じっと待った。

十二、三分もたち、十津川の掌が、こごえてきたとき、吹雪の中に黒い人影が、ちらちら見えかくれしながら近づいて来た。

十津川と、亀井が、一斉に、懐中電灯の明りを向けた。

その光芒の中に、大久保の姿が浮かんだ。

「逃げると、射つぞ！」

と、亀井が怒鳴った。

「三田村夫婦は、もう助け出したよ。小森みどりも、逮捕した」

十津川がいうと、相手は、がっくりした様子で動かなくなった。

亀井が近寄って、手錠をかけた。その手錠の上にも、粉雪が降りかかってくる。

十津川は、大久保をスノーモビルの後にのせて、本館の方に戻った。タワーの方は、騒がしくなっていると思ったからである。

大久保をラウンジの隅に連れて行き、温かいコーヒーを与え、自分たちも、飲んだ。

どうやって三田村夫婦を、ホテルから連れ出したのかときくと、大久保は、小さく笑って、簡単だったと、いった。

まず、保安係のユニホームを着た小森みどりが、三田村たちの部屋に行き、十津川の伝言を伝えた。

今、タワーの方に着いたから、誰にも見られないうちに、スキーの恰好で、すぐ来てくれと書いた手紙である。

三年前の事件の時、十津川は、小森みどりに、手紙を書いていた。あなたの気持ちはわかるが、お兄さんは、犯人だと考えるという手紙である。その筆跡に似せて、伝言を書いた。

三田村は、密(ひそ)かにスキーの恰好で、ホテルを出た。あやかは、最初、部屋で待っているといっていたが、心配なのか、一緒に来た。

偶然、出会ったように指導員の恰好の大久保が、三田村夫婦に近づき、案内しましょうと、持ちかけ、先に立った。

外は寒い。途中で、温かいコーヒーを、二人にすすめた。睡眠薬入りのコーヒーである。二人が眠ると、用意しておいた木箱に入れ、雪の中に埋めた。

「それだけのことですよ。ひとりだけでも、良かったんです。十津川さん、あなたを脅(おど)かせればね」

と、大久保はいった。

「戻って来たのは、やはり、三田村夫婦を殺すことが出来なかったからだろう？」

と、十津川はきいた。

大久保は、じっと十津川を見て、

「あなたは、そうだといわせたいんだろうが、嘘はつけませんよ。僕には、わからない。助けたかったのかも知れないし、自分の手で、殺したかったのかも知れない。自分でも、わからないんだ」

と、いった。

しばらくして、今度は大久保が、十津川にきいた。

「一時間したら、もう一度、電話してくれと、あなたは僕にいいましたね？」

「いったよ」

「あれは何だったんですか？　完全な時間かせぎですか？　再捜査の意志は全くなかったんでしょう？」

「私も、嘘は嫌いだ」

と、十津川はいった。

「じゃあ、本当のことをいって下さい」

「私にも亀井刑事にも、いや、警察はといった方がいいな。三年前に終わった事件の再捜査は、出来ない。だが、三田村夫婦も、殺したくない。だから、最後には、君に頼むつもりだった」

「何をです？」

「警察の人間として、私は再捜査は出来ない。だから、私が定年退職してから必ず、あの事件は、もう一度調べ直してみる。だから、三田村夫婦を助けてくれとね。これは、嘘じゃない」

と、十津川はいった。

大久保は、黙ったままだった。

解説

山前 譲

北へ南へとパワフルな捜査行をつづけてきた十津川警部だが、本書『十津川警部 哀悼の列車が走る』にも日本各地での事件が五編収録されている。

最初の「殺しの風が南へ向かう」（「小説現代」一九九四・十二　講談社文庫『倉敷から来た女』収録）は、東京にある有名な井の頭公園で男の死体が発見された事件だ。被害者のコートの衿についていたバッジを手掛かりに、十津川班の捜査は沖縄へと展開されていく。それが三線をデザインしたものだったからである。

三線とはその名の通り三本の弦からなる、沖縄や奄美群島ならではの楽器だ。三味線の起源のひとつとなったようだが、もともとは中国大陸から伝えられたものである。琉球王国の文化を象徴するひとつとして長く伝えられ、今、都内でも舞台を設けて演奏を披露する沖縄料理店をよく見かける。

沖縄の歴史は軽々には語れないが、太平洋戦争末期に最前線となり、多くの住民が犠牲となったことは忘れてはならないだろう。一九四五年の戦争終結後、米軍の統治下となるが、一九七二年にようやく日本に返還された。西村氏はその創作活動の最初期から沖縄ほか日本最南端の島々に視線を向けてきたが、『沖縄から愛をこめて』（二〇一四）は沖縄戦を背景にした長編としてとりわけ注目したい。

十津川班の伊地知刑事と北条早苗刑事、そして十津川警部と亀井刑事がその沖縄の地を踏んでの本作でのスリリングな謎解きの背景には、日本に返還されたあとの沖縄の動向がある。二〇二二年は日本返還から五十年の節目となったが、米軍基地問題など歴史に翻弄（ほんろう）されてきた沖縄に視線を向けると、三線のメロディがいっそう切なく聞こえる。

「哀しみの余部鉄橋」（『西村京太郎　鉄道ミステリーの旅』二〇〇四・十二　小学館文庫『十津川警部　哀しみの余部鉄橋』収録）は、なんといってもクライマックスで十津川警部が犯人と対峙（たいじ）している山陰本線の余部鉄橋が印象的だ。

高さ四一・五メートル、長さ三一〇・七メートルのその鉄橋が完成したのは一九一二年、明治四十五年のことである。鋼材をやぐら状に組み上げたトレッスル式と呼ばれる橋脚が特徴で、この種の鉄橋では日本一の規模を誇っていた。

余部鉄橋が悲しい事故の現場として全国に報じられたのは、一九八六年十二月のことなっている。鉄橋を通過中の回送列車が突風にあおられて転落、真下にあった水産加工場や民家を直撃して六名が亡くなったのだ。その痛ましい事故が本作の事件の背景となっている。

現在はコンクリート橋に掛け替えられたが、旧橋梁の一部を残して展望台が設けられている。約四十メートルの高さからの絶景が、観光客を誘っているようだ。西村作品では他にもこの鉄橋が登場する作品がいくつかあるが、『十津川警部「狂気」』（二〇〇一）では三十年の時を隔てた猟奇的な事件にかかわっていた。

東京駅で十津川警部が美女に惹かれているのは「最終ひかり号の女」（「小説現代」一九八九・六　講談社文庫『最終ひかり号の女』収録）だ。新大阪行きの最終便である「ひかり323号」に乗る知人を連日見送ることになった十津川は、若い女が二日ともそのひかりに乗り込むのを目撃する。まさかと亀井刑事とともに、翌日も東京駅へ赴くと、またその女が新幹線に乗った。その新幹線で殺人事件が起こってしまう。

一九九二年に走りはじめた「のぞみ」が今は東海道新幹線のメインとなっているが、一九六四年の開業以来、長年にわたって高速鉄道の主役を担ってきたのは「ひかり」だった。丸みを帯びた先頭が特徴的な0系や二階建て車両が食堂車となっていた100系には、今なお愛着を抱いている人が多いのではないだろうか。

その「ひかり」がにわかに注目を集めたのが一九八七年である。国鉄が分割民営化された年、ＪＲ東海が力を入れたキャンペーンのひとつにシンデレラ・エクスプレスがあった。東海道新幹線の大阪行き最終便に恋人たちのドラマを重ね合わせたＣＭが話題を呼んだのである。じつは、その二年前からシンデレラ・エクスプレスのネーミングは広まっていたようで、この短編からもそのことが窺える。ただ、事件の真相はロマンチックなものではなく、十津川にとっては苦いものとなってしまった。

戸倉刑事が十津川警部にすすめられた新宿の易者に占ってもらうと、「絶対に、北へ行っちゃいけません。本当に、危険なんですよ」と言われてしまったのは「北への危険な旅」（「小説宝石」一九九二・二　光文社文庫『特急「あさま」が運ぶ殺意』収録）である。そして四谷のマンションで起こった奇妙な事件の捜査で、亀井刑事とともに戸倉は軽井沢へと向かうのだが、やはり北への旅には……。

ふたりは上野駅から「あさま」に乗車している。もちろんこれは一九九七年に北陸新幹線の一部が東京から長野まで開通する前の、信越本線の特急である。東京と新潟を結ぶ幹線だったその路線でもっとも注目されるのは、やはり横川・軽井沢間、一一・二キロメートルだろう。かなりの急勾配で、一八九三年に開通したときにはアプト式が採用された。線路の中央にノコギリのようなラックレールを設置し、機関車にある歯車をかみ合わせてゆっくり登っていたのである。

さすがに輸送力としては頼りなく、一九六三年に新線が建設されてＥＦ六三形電気機関車が走りはじめた。ただそれでもパワーは足りず、横川駅でもう一両連結されて急勾配を登っていた。その連結シーンは十津川警部シリーズのそこかしこで見られたから、作者にとってかなり思い入れのある鉄路だったのは間違いない。

新幹線の開通とともに横川・軽井沢間は廃止されてしまったが、旧路線の一部は散歩できる。また、ＥＦ六三形電気機関車の体験運転ができ、トロッコ列車が運行されている横川運転区跡地に設けられた「碓氷峠（うすいとうげ）鉄道文化むら」など、鉄道遺産となって観光客を誘っている。

「石勝高原の愛と殺意」（「小説現代」一九八九・二　講談社文庫『最終ひかり号の女』収録）は十津川班の三田村刑事の新婚旅行から幕を開ける。十津川夫妻が北海道のトマムに招待されたのだが、行けなくなったという。それではと三田村夫婦が代わりに出かけることになったのだ。二月初め、まず札幌のホテルに泊まり、そしてスキーを楽しんだ。南国生まれの新妻は感動するばかりである。

そして夕方、ホテルの部屋に戻ると、テーブルに花が飾られ、カードが添えられていた。そこには〈白い雪に、真っ赤な血、きれいですよ〉という不気味なメッセージが！　三田村夫妻はあまり気にもせず、翌日、トマムへ向かったのだが――。北海道のほぼ中央に位置する人気観光地で、スリリングな捜査が展開されていく。

二〇二二年が日本に鉄道が開業して百五十年という節目の年だった。鉄道関係の話題で賑わう一年となったが、残念ながらそこに十津川警部の姿はない。ただ、我々は西村京太郎氏の作品群でその百五十年の歩みをこれからも楽しむことができるのだ。

（初刊本の解説に加筆・訂正しました）

二〇二四年一月

この作品は2022年7月徳間書店より刊行されました。
なお、本作品はフィクションであり実在の個人・団体などとは一切関係がありません。

徳間文庫

十津川警部 哀悼の列車が走る

2024年2月15日 初刷

著者 西村京太郎

発行者 小宮英行

発行所 株式会社徳間書店

東京都品川区上大崎三-一-一 〒141-8202
目黒セントラルスクエア

電話 編集〇三(五四〇三)四三四九
販売〇四九(二九三)五五二一

振替 〇〇一四〇-〇-四四三九二

印刷 大日本印刷株式会社
製本

ISBN978-4-19-894920-4 (乱丁、落丁本はお取りかえいたします)